职场成功升迁秘诀　成就幸福人生

好 运 诀

忆扬 著

 中国出版集团
现代出版社

图书在版编目（CIP）数据

好运诀／忆扬著. －－北京：现代出版社，2016.6
ISBN 978－7－5143－4877－4

Ⅰ. ①好… Ⅱ. ①忆… Ⅲ. ①长篇小说－中国－当代
Ⅳ. ①I247.5

中国版本图书馆 CIP 数据核字（2016）第 104306 号

作　　者：忆　扬
责任编辑：李　鹏
出版发行：现代出版社
地　　址：北京安定门外安华里 504 号
邮政编码：100011
电　　话：010—64267325　010—64245264（兼传真）
网　　址：www. xiandaibook. com
电子信箱：xiandai@ cnpitc. com. cn
印　　刷：济南精致印务有限公司
开　　本：880×1230　1/32
印　　张：6
版　　次：2016 年 6 月第 1 版　2020 年 8 月第 2 次印刷
书　　号：ISBN 978－7－5143－4877－4
定　　价：38.00元

目　录

帮助

　　"喂，老同学，谢天谢地，总算打通你的电话了，我有天大的事找你帮忙。"不等对方开口，老妈已经直截了当地向对方提出了要求："你人脉广，帮我女儿介绍一个好工作吧，拜托了！"

　　这是老妈第 19 次打电话求人帮忙给我找工作。尽管我多次强调找工作的事不用她操心，但见我大学毕业了，工作依然没有着落，心急的老妈便撒开她的人脉关系网，放下面子，不辞辛苦到处求人帮忙。然而电话打爆，简历发送了无数，还是没有老妈期待的好消息传来。

　　这次，老妈给她从小学到高中同窗十二年的同学张群打电话，抱了最大的希望，因为张群是老妈同学中最有出息的一个，他现在在北京一家广告公司任副总，刚从国外考察回来。老妈像抓住了救命稻草一般，在电话里絮叨个没完，又是叙旧，又是施压，要他无论如何都要帮这个忙。老妈知道，张群向来念旧情，人又豪爽，找他准没错。但电话那头张群语气虽然很亲切，却显然很为难，他说："照理说，湘楚的事就等于是我自己女儿的事，我拼了老命也该帮这个忙，但现在经济不大景气，我们公司又人满为患，从去年开始就只准出不准进。我所熟悉的其他相关公司的用人标准至少要求研究生文凭，而且要'211''985'等一流大学的高材生，可湘楚她这些条件一个也不具备啊！"听了张群的话，老妈立马就泄了气，她知道，张群说的是实话，我只是个三流大学的毕业生，虽然说学的是播音主持这种听起来很光鲜的专业，但品级太低，看来入不了人家的法眼，张群对老妈无比客气地提出建议："就让湘楚到县电视台去应聘吧。""县电视台还需要你建议吗?"老妈有些生气，也非常失望，不等张群说完就把话顶了回去，因为县电视台那边老妈早就去联系过，但人家的回答是现在人员超编，等有了空编再招聘新人。挂了电话，老妈无可奈何地对我一通埋怨，怪我当初读书不用功，如今找工作到处碰钉子简直比登天还难。

本来我毕业后回到家想好好休整一下，仔细想清楚自己适合干什么再去找工作，可在机关工会工作多年的老妈却心急火燎自作主张帮我张罗。其实我并不是没有自己的打算，我很想去南方江海市一家报社应聘，那家报社出版的《南国时报》我订阅了数年，是我喜欢的媒体，我想去碰碰运气。听说，那家报社正准备招采编人员，可贵的是，这家报社看重人品和实际工作能力，对文凭只作参考。

我去买了南下的高铁票准备去南方的城市闯一闯。走前的那天晚上，老妈又来给我上课，讲社会如何复杂，工作如何难找，她忧心忡忡地叮嘱我："女孩到外面一定要嘴巴甜，要注意安全，不要轻易相信陌生人的话，要注意防拐防骗，如果实在找不到合适的工作就回来，凭老妈这张老脸，总归可以在本地谋个职混口饭吃。"性格内敛的老爸话不多，他只对我说了一句要"老老实实做人，认认真真做事"。对老爸老妈的叮嘱我只有不停地点头，并信心满满地拍着胸脯向老爸老妈保证："不用为我操心，没有什么事情能难得倒你们的女儿，你们就听女儿的好消息吧。"

上了动车，把行李箱放到行李架上，我就拿出手机刷微博，从动车启动的瞬间，我就让自己在浩如烟海的趣味文字中遨游，无暇关注其他。

我正在手机里陶醉，忽然听到广播里播出已到达南方城市江海，于是准备收拾行李随人流下车，可往行李架上看去，我顿时傻了眼，行李架上空空如也。我第一反应就是行李被盗了，但什么时候被盗的我全然不知。看看拖着大包小包渐渐往车门移动的人流，我放声大喊："我的行李谁拿了？"听到喊声人们纷纷回头看着我，但大家一副事不关己的无辜样，看了我一眼就各自下车了，列车员走过来询问，我老实告知我在看手机，行李分明放在行李架上却好端端不见了。列车员倒没有责备我为什么不看住自己的行李，还耐心安慰我不要着急。我正不知道怎么办，一个已经下了车的红衣姑娘闻讯转回车上，简单了解情况后，问我需不需要帮助。

我当然需要帮助了，我来到这座城市举目无亲，老妈上车前给我的生活费以及我的衣物书籍等日用品都放在行李箱里，现在行李箱不见了，我身无分文，简直太需要帮助了，我正打算"愉快"地接受她的好意，耳边突然响起老妈千叮万嘱的话："陌生人主动和你套近乎，你千万不要搭理，不要贪小便宜，否则被人卖了你都不知道。"想起老妈的话，我还真怕惹上麻烦，于是我冷静下来，对那个满腔热情的红衣姑娘说："谢谢，我不需要帮助。"我边说边往车门走去，我想下了车再想办法，身后却传来那个红衣姑娘和列车员的对话："我是江海天盟公司的职员，这是我的名片，如果那位姑娘的行李追回来了，请打我的电话。""请放心，我们会认真调查的，一有消息就通知你。"

"人都走光了还怎么找回我的行李？"我嘀咕一声下了车，随着人流出了站。万幸的是，我的身份证因买车票需要，就没有放进行李箱，放在了随身衣服口袋里而没有丢失。

走出站台，看看手机里的时间，正是下午一点钟，8月的南国烈日炎炎，我停在一棵大树下，打量了一遍四周的环境，我所在的位置是一条长长的林荫道，道路两边是叫不出名字的亚热带树木，我不知朝哪个方向走，脑子里想着下一步该怎么办。

给老爸老妈打电话是我想到的第一个办法，但很快就否定了这个办法，以老妈的急脾气，她会马上和老爸一起赶过来，然后把我带回去，继续到处求人帮我找工作，我不想让爸妈这么做。

去做点临时工解决今天的饭钱和住宿费是我能想到的第二个办

法，我一边用手扇着风，一边看着来来往往的行人，看有谁需要帮忙，正不知道从哪里下手，那个红衣姑娘迎了上来："你走得真快，也不等等我。""你怎么知道我在这里？"我不无惊诧地问。"我就跟在你后面。"说话时她麻利地把一个装满东西的精美的纸袋交给我。"这个袋子请帮我拿着，你看我还要拖行李箱。"没等我开口拒绝，她笑眯眯地自我介绍："我叫庄蝶，认识你很高兴。"随后，她把工作单位，联系方式，兴趣爱好一股脑告诉我，态度诚恳而亲切，看着这个热情的姑娘，我顿时打消了对她的疑虑和戒备，因为她亲切的笑容已经让我没有了陌生感。我也把我的姓名，所学专业，原籍都告诉她，并老老实实说，自己是刚毕业的大学生，是出来找工作的，没曾想，刚才在动车上行李箱被盗，什么都丢了，本想打电话求助父母，又怕他们担心，本来有个哥哥在这座城市工作，可他偏偏去了国外，正不知怎么办呢。我话音刚落，这个叫庄蝶的姑娘就说："你帮我拿行李，我请你吃晚饭，怎么样？""我没有听错吧，我正想着帮人做点临时工混口饭吃，你就送上门来了，我真是心想事成啊。""是啊，你是个幸运的女孩。"我乐得脸上笑成了一朵花，但还是忍不住问道："我们并不相识，你为什么帮我？"庄蝶也笑了，她说："谁没有过难处啊，能够帮助到别人，其实是种福分。"我点点头，但还是一脸疑虑，她于是继续说："有个哲人说得好，你能信任多少人，就有多少人信任你，你能帮助多少人，就有多少人帮助你。""可是，你不怕遇到骗子吗？"我想起老妈的话，想搞清楚这个比我大几岁的女孩怎么应对，她笑得更爽朗了："只要不想贪便宜，骗子也没有市场。""你不怕帮了我惹上麻烦吗？"我继续钻牛角尖。"你把人想得太复杂了，没事的。"谈着谈着，我们都感到相逢是有缘，于是，庄蝶又问："你哥哥在什么单位工作？叫什么名字？说不定我认识呢？"

"我哥哥叫安晨，在江海市财政局工作。"

"什么？你是安晨的妹妹？"听到安晨这个名字，庄蝶差点跳起来，因为他们在同一所大学就读，出人意料的是，他们还是朋友。

"那你怎么姓林，而哥哥姓安呢？"庄蝶有些好奇地问。

"我们不是亲兄妹，我们两家是邻居，父母都是好朋友，实际上我一直把他当亲哥哥看，他也把我当亲妹妹，我们和亲兄妹是一样的。"我解释道。

"原来是这样！"庄蝶高兴地拍拍我的肩，"安晨是你哥哥，如果你不嫌弃，我当你的姐姐好了。"

我想都没想立刻甜甜地对着这个叫庄蝶的女孩叫了声姐姐！

庄蝶笑着答应一声，继续说："安晨在我们学校是有名的才子帅哥，很多漂亮女生盯着他追呢，只是他学的是财会，我学的是历史，一次偶然的机会我才认识了他。"

"你们怎么认识的？"

"是在图书馆认识的，那天，是周四，因为快期末考试了，图书馆人满为患，我去得晚，图书馆没有了位置，见我到处找不到位置，安晨就把他的位置让给我，他说正好有事要出去。后来我为这事请他吃了一碗炸酱面以表示感谢，这样我们就认识了。再后来我们又不约而同来了江海工作，自然就成了朋友。"

说话间，庄蝶招手拦下一辆出租车："走，姐带你回家。"我机械地跟着庄蝶姐姐上了车，我庆幸自己出门遇贵人。

大约过了二十多分钟，出租车来到一个花园小区，庄蝶说到家了。

这是一个花草树木繁盛的花园小区，踩着鹅卵石砌成的小道来到一幢36层小楼前，庄蝶指着第一单元七楼的窗口说："那就是我的家。"

这是一个大约90余平方米的三居室，门框上挂了块牌子写着"品蝶"两个字，庄蝶说这是她给她的家取的名字。"这是你租的房子吗？"我好奇地问。"这是我自己买的房子。"她淡淡地说。"哇，你真了不起，房价这么贵，年轻人连租房都要合租，你却有自己的房子。"见我大惊小怪，庄蝶又是嫣然一笑。

进得门来，屋里布置得很温馨，深褐色木地板打扫得一尘不染，丝质枣红色碎花窗帘拉开一半，透进柔和的光，会客区最显眼的是一个小小的书柜，满柜的书平添了屋子的书卷味，靠墙放了一张书桌，两边放了布艺小沙发，书桌上头的墙上挂了一串紫色风铃，茶几上的白色花瓶里栽着的郁金香开得正艳，很是可爱，满屋透着温馨雅致。我想，这么年轻的女孩在这个南方大都市就拥有了自己的房子，也许她家里很有钱，爸妈帮她买了房，或者其他什么特别的原因吧。

庄蝶把我安顿下来，她说要出去一下，要我在家好好休息，说完她就匆匆出了门。我闲来无事，就到书柜里找书看，书柜不大，但有三层，最上面一层都是大部头的工具书，如《英汉大词典》《成语大辞典》《法律法规全书》《世界上最伟大的管理书》等，第二层大多是通俗读物，比如《怎样提高情商》《智慧纬编书》《道德情操论》《人性的光辉》《职场正能量》等，第三层大多是销售业务方面的书，其余还有中华传世经典名著系列等。我抽出一本《与幸福同行》随意翻开，一张照片掉了下来，我捡起来一看，是庄蝶和一个男子的合照，照片中的男女一脸幸福无邪的微笑。

难道这是庄蝶和她的男朋友？但从外表看，他们好像不大相配，男孩高大帅气，皮肤白皙，气宇轩昂，不像是等闲之辈，这样的男人周围应该是美女如云，怎么会和长相平平个子矮小的庄蝶在一起呢？也许他们是同事朋友或者亲戚吧，我想。

我正胡乱猜测，庄蝶回来了，原来她为了招待我去买菜了。我问她照片上的男孩是谁，她说："是我男朋友，怎么样，长得还不赖吧？""简直帅呆了！"我羡慕地说。"到时我给你介绍一个比他更帅的。"庄蝶跟我开玩笑。"他是干什么的？你们怎么认识的？他现在在哪？"我永远控制不住自己的好奇，尤其看到帅哥，就忍不住不停地打探，庄蝶对我的好奇一点也不厌烦，她很耐心地告诉我，她男朋友叫张品，是个律师。他们是在朋友聚会上认识的，她刚才已经打了电话给他，告诉他她回来了，要他回来吃晚饭。听了庄蝶的介绍，我突然想到"品蝶"两个字的意味。

庄蝶是一个湖南姑娘，五年前大学毕业来到江海市打拼，进了一家台资企业，这次她回乡看望生病的母亲，在赶回公司时恰巧和我坐同一列动车，她给我的第一印象是热情诚恳，虽然她绝对算不得长得漂亮，她甚至缺少了美女应该具备的基因，比如身材高挑，皮肤白皙，五官精致，等等，但我感觉她身上有一种说不出的磁场，不知不觉地被她吸引着。在动车上，见我行李丢失，知道我遇到困难，她就主动帮助，把我这个素昧平生的女孩当成亲人朋友，还把我带到家里。更让我感动的是，听说我来找工作，过几天准备到一家报社应聘，她便不顾长途坐车的疲劳，以过来人的身份给我上了一课，她毫无保留地把自己应聘的所有经验都一股脑传授给我，她说话速度适中，声音甜润，而且声情并茂，条理清晰，把我这个在课堂上总喜欢开小差，思绪乱飞、天马行空的走神大王的心牢牢抓住。

她说的关于参加应聘考试的要点我至今烂熟于心。她说，参加应聘考试一定要记住五点：一要虚心诚实。面试官往往是经验丰富的职场人士，其中不乏专家、学者，求职者在回答一些比较有深度的问题时，切不可不懂装懂，胡编乱造，不明白的地方就要老老实实虚心请教或坦白说不懂，这样才会给用人单位留下诚实的好印象。二要突出重点，要根据考官的提问言简意赅、重点突出地作答，切忌长篇大论。三要扬长避短。平时对自己的长处和不足都要了然于心，在面试时一定要注意扬我所长，避我所短。四要着装得体，必须精心选择自己的服饰。那就是服饰要与自己的身材、身份相符，表现出朴实、大方、明快、稳健的风格，并且要与自己应聘的职业相协调，能体现自己的个性和职业特点。比如你应聘的职位是记者，打扮就不能过于华丽，而应选择庄重、素雅、大方的着装，以显示出稳重、严谨、文雅的职业形象。切不可浓妆艳抹，穿金戴银，因为这样会给用人单位一种轻浮的印象，影响面试的成绩。五要讲究礼貌。进门时应主动打招呼，与人谈话时要真诚地注视对方，表示对他的话感兴趣，决不可心不在焉，要保持表情自然，看到面试老师切不可紧张，也不要东张西望，一举一动都要得体，任何轻浮的表情或动作都可能会让招聘人员对你不满……

庄蝶说这些话的时候，像是信手拈来，似乎早做了充分准备，如果这是讲课的话，我敢说这是我听得最认真的一堂课，我从来不知道，居然有这么热心助人的人，居然有这么好听的声音，我简直听得入了神，忘记了我和她才刚刚认识，也忘记了时间，我在心里觉得自己很幸运。还在大四时，为了对付应聘考试，很多同学都参加了应聘培训班，室友也劝我去做个培训，但我最大的毛病就是做事能拖则拖，实在拖不下去了才赶鸭子上架，所以，直到大学毕了业我都没有去参加任何培训。没想到在应聘前竟然接受了一次高规格的免费培训，我在心里窃喜：老天真是太眷顾我了，为什么我会碰上这么热心的人呢？记得老妈给我联系工作到处碰壁，沮丧之余曾给我算过八字，算命先生说我23岁这年时运不佳，诸事不顺。但我没心没肺地想，那个算命先生一定是个冒牌货，出门就遇到肯帮助我的好人，难道能说我时运不佳？这不是好兆头是什么？

"你们俩这么投缘，真像亲姐妹啊！"不知什么时候，一个帅帅的男子走了进来，我一看就知道是张品，只不过他比照片上还帅，见我们谈得正欢，他微笑地看着我们打趣道。

庄蝶说："你回来啦，你陪客，晚饭我来做。"说话间庄蝶已经进了厨房。

"你女朋友真好，又有学问又热心，真是个好人。"我对庄蝶充满感激，赞美之意溢于言表。张品说，"庄蝶也只有28岁，她是江海著名台资企业天盟公司销售部经理，她是个非常热情善良的姑娘，凭着自己的努力，参加工作不到五年就已经做到了这样的位置，这是非常难以做到的，房子车子都有了，比我混得还好。"听了张品的介绍，我似乎明白了庄蝶成功的秘诀。她对我这么一个素昧平生的女孩都这么无私的帮助和信任，她的客户谁不愿意和她打交道？

说话间，庄蝶已经麻利地做好晚饭端上桌。但还没来得及吃，张品接到一个电话，说有急事找他咨询，我有些失望，就自言自语道："这电话也未免来得不是时候，民以食为天，人总不能饿着肚子工作呀。"可庄蝶并不介意，她说："客户的事情为大，只要抽得开身就没有推辞的道理，反正我们有的是一起吃饭的机会。"说着，她往张品嘴里塞了一个大肉丸，随即又端起一碗肉丸汤让张品喝下，并叮嘱道："先吃点东西垫垫肚子，自己保重。"张品喝完汤站了起来，抱歉地对我说："小妹妹，我就不陪你了，好好吃饭，再见!"说完，就一阵风似地离开了。

吃完晚饭，庄蝶带我到小区附近的广场散步，我们边走边聊，她把我当作妹妹一样看待，我也已经把她当成了亲姐姐。她让我安心住在她这里，安心准备应聘考试，我心里无限感激，只好不停地说着谢谢。

第二天，庄蝶给我找了一沓学习资料，让我在家好好学习，她就上班去了。我给老爸打了电话，把昨天的遭遇一五一十告诉他，让他给我汇点钱来，并要他千万保密，不要让老妈知道。老爸向来跟我很默契，他就是这样，即使心里再着急难过也会不动声色，他没有多说什么，让我去开个银行卡，说他会尽快把钱汇给我，他还特别叮嘱我一定要记住庄蝶的恩情，还要多向人家学习，凡事认真细致。我一一应允下来，要老爸尽管放一百个心。

我办好了银行卡，在离庄蝶所在的小区不远的地方找了间出租屋住了下来。庄蝶虽然百般挽留，但我还是执意离开了"品蝶"，在我命名为"自在居"的出租屋里自由自在地准备应聘。

2

诚实

 与大多媒体招聘员工一样，《南国时报》招聘程序也要经历笔试和面试。我做了充分的准备，笔试总共 10 道题，由于平时我高度关注这家报纸的办报风格，我的考试还算顺利，但最后一道题却让我头脑一片空白，我抓破头皮也想不出该怎么答。我想，这次没戏了，这道题分值高达二十五分，但我一个字也答不出来，我心里猫爪似的难受，直怪自己平日阅读面不广，以至"书到用时方恨少"。题目是这样的：请简述诸葛亮为振兴蜀国教育采取了哪些措施，并详细阐述其历史作用。唉，《三国演义》《三国志》我看了好多遍，关于诸葛亮的故事也读过不少，我从小就很佩服这个诸葛亮，他识天文、悉地理，知阴晓晴，呼风唤雨；深韬略、通历史，多谋善断，神机妙算，辅佐刘备打天下，运筹帷幄，百战百胜；治理天府蜀国，鞠躬尽瘁，死而后已。诸葛亮才华盖世，有口皆碑，功勋卓著，垂范青史，是公认的济世奇才。但似乎哪本书也没有提到诸葛亮为振兴教育采取了什么措施，也许是我恰好没看到这部分内容，总不能瞎编吧，我想起庄蝶跟我说过的话："要诚实，切不可不懂装懂。"交卷时间快到了，无奈之下，我只得老老实实在这道题的答题空白处写了一行字：非常抱歉，这道题我不会！

 走出考室，我看到其他考生三个一堆，五个一组正凑在一起笑声朗朗地议论考题的简单容易，而我一道 25 分的题没做出来，这次准没了希望，心里非常沮丧。这时，老妈的电话迫不及待打了过来，她连问好一句也免了，直奔主题问我考得怎么样，听到老妈急迫的询问，我能感觉到老妈热切期待的眼神，我其实不想让老妈失望，很想告诉她我考得很好，让她放心，不过我还是忍不住如实回答一道二十五分的题做不出，老妈自然又是一阵心痛和责备，唠叨我平时不用功之类的话，她抱怨道："我就是操心的命，你看人家安晨多让他父母省心。"我早已经习惯了老妈的唠叨和抱怨，通常情况是她的话左耳朵进右耳朵出，或者，她来电话时，我干脆把手机举过头顶，等她唠叨完我再放下，对老妈我不想顶撞，就只好消极对待。老爸却不断给我打气，鼓励我要屡败屡战。

安晨是大我五岁的邻家哥哥，因为周岁抓阄时，他抓了一块彩石，所以他爸妈给他取小名叫石头。他比我早几年大学毕业，学习成绩优秀，刚毕业就考上了江海市的公务员，一般大学毕业生为找工作挤破了头，他却是轻而易举找到了好工作。为此，老妈总是拿我跟安晨比。我家和安晨家住一个住宅小区的同一栋楼同一个单元，他家在三楼，我家在四楼，我们从小一起长大，一块上学。两家父母也处得很好，所以两家人经常一起吃饭，一起外出游玩。不管到哪里，我总是安晨的陪衬，他是标准的帅哥，身材高大，五官精致，是个阳光俊朗的美男子。像他这样的大帅哥完全可能趾高气扬，或者玩世不恭，或者孤傲不羁，但他偏偏温文尔雅，学习特别用功，还愿意帮助人。在我记忆中，他从小学读到高中各类考试没有一次屈居亚军，似乎他生来就是当冠军的料，他不但是父母眼中的乖孩子，更是老师眼中的好学生。小区里的孩子很多，安晨从小受到的都是大家的敬仰，所以，他也习惯了做别人的榜样，大多数的家长教育小孩时口头禅通常是"你看看人家安晨是什么样子，你就不能学着点！"安晨知道自己的优秀，也知道大家对他的仰视，所以，他一点也不敢放松自己，总是更加勤奋地学习。比起安晨来，我就是个不折不扣的丑小鸭，虽然都说我长着一张可爱的圆脸，眼睛大而灵动，皮肤粉嫩无瑕，嘴巴也特别甜，但做事毛躁拖沓也是出了名的。学习上从来没有考出让老妈引以为傲扬眉吐气的好成绩，成绩最差时，我曾经考过全班倒数第五，心性要强的老妈对我简直是恨铁不成钢。好在安晨愿意帮我，我每次考试试卷发下来后，他都要认真给我做检查，然后把做错的题目给我讲解，他还送给我一个笔记本，专门用来做这些我做错了的题，他亲自在这个笔记本封面上给我题写了"纠错集"三个字。他说："做对的题就不用花时间去做了，做错的题就要反复做，直到弄懂为止，这样坚持下去，你的考试错误率就会越来越低。"在安晨的真诚帮助下，我毛躁粗心的毛病渐渐得到改正，成绩也一天天好起来，虽然谈不上拔尖，至少，我能拿个"中等"。从那时起，在我心里，我不但崇拜着他，还有一种说不清道不明的情愫，一天见不到他，我就会心里失落，只是，我们从来没有表露什么。所以，一直以来，我和安晨就像兄妹一样很要好，他辅导我做作业，我经常给他送各种好吃的零食，给他送他喜欢的笔和书籍等。

但自从他参加工作，他就忙碌起来，我们联系也变得越来越少，只有在过年的时候他回到家我们才能尽情地互相叙说着永远也说不完的话。这次我来南方找工作没有联系他，一是听说安晨被单位派往国外学习一年，他不在江海，我想等他回来给他一个惊喜；二是想向老妈证明，我也可以自己找到工作。

可是，我首战看来出师不利。

我把考试失利的情况也打电话告诉了庄蝶，庄蝶安慰我不要灰心，只要努力，机会多的是。

对失败我向来想得开，即使再难过的事也不过分分钟就烟消云散。我安慰自己说："不要紧湘楚，此处不留姐，自有留姐处。"长舒了一口气，哼着《从头再来》的小曲准备去赶下一场考试。

第二天，我把自己收拾得整洁利落，又到一家化妆品公司应聘推销员，虽然当推销员对我来说不但专业不对口，甚至我对这项工作有着本能的排斥，但就业形势逼人，我也只有先找份工作安顿下来，先养活自己再说。

万万没有想到，五天后南国时报社竟然给我打来电话，说我笔试合格，面试时间另行通知。我真真切切听到电话是一个女孩的声音，普通话很标准，声音也很甜，而且非常礼貌。

　　也许是消息来得太意外，我欢喜得有些迷糊了，怔在那里不知所措，直到打电话的女孩连问我怎么了，我才回过神来，我大声对电话那头的女孩说："你们是不是搞错了？我考试明明考砸了，最后一道25分的大题目我都不会做，怎么会是我呢？"打电话的女孩耐心对我做了解释："最后那道题你答'不知道'就对了，因为那道题的标准答案就是'不知道'。诸葛亮本来就没有为振兴教育采取过什么措施，如果你硬瞎编乱造那就是零分，你说不知道就说明你诚实，我们做媒体的，就是要实事求是。"

　　原来是这样！直到这时，我才感觉到我从不说假话的好处。我确定这不是幻觉，也不是做梦后，立即把这个好消息告诉了庄蝶。庄蝶听了电话似乎比我还高兴，她当场邀请我到"品蝶"吃晚饭，以示庆祝。

　　为了表达对庄蝶的感谢，我买了一篮水果和一束香水百合来到"品蝶"，我按响门铃，为我开门的却不是庄蝶，而是一个陌生女子。庄蝶从厨房出来，她胸前围着蓝色围裙，看样子正在做晚饭，见我带着礼物，嗔怪我还没有收入就乱花钱。她接过我手里的东西放好，边给我介绍那个女子："这是我们公司人力资源部的副主任金艺兰，我今天特意请她来为你做面试指导，她可是这方面的专家，你一定要虚心请教哦。"我真没想到庄蝶为我想得这么周到，心里一阵感动，却不知怎么表达。"你好，湘楚，我早就听庄蝶说起你，果然长得很可爱！"没等我开口说话，金艺兰已经很礼貌地过来跟我握手。金艺兰看上去年龄与庄蝶姐姐相仿，她穿着灰色套装，配着粉红色内搭，显得知性、优雅、端庄、干练，既大方得体又不失时尚品味，她浑身散发着温和与自信，一举手一投足都是那么恰到好处。

　　"你们好好谈吧，我忙去了。"庄蝶对我们两个招呼一声就去了厨房。金艺兰对我说："你就叫我金姐姐吧。""金姐姐好！"我立刻甜甜地叫了一声，她笑了："果然很可爱！"这是她第二次夸我，而我什么也没有做。

来不及多想，金艺兰示意我在她对面的椅子上坐定，然后跟我拉起了家常，她问我："你能不能做个自我介绍？""我叫林湘楚，今年23岁，毕业于东方学院播音主持专业，喜欢摄影，唱歌，弹钢琴，交朋友……"我简单把自己的情况一口气说出来。她微微一笑，又问："在学校参加过什么活动吗？""不是参加，而是组织过很多活动。"这个问题我最拿手，我虽然学习上不拔尖，但我是学生会干部，组织过很多大型活动，在学校算是小有名气，所以回答这个问题我非常自信。"都组织过什么活动？"她似乎对这个问题很感兴趣，继续问我。"演讲比赛，歌剧表演，义务植树，为灾区募捐，为孤寡老人、留守儿童送温暖等。""你们的活动都搞得很成功吗？"看来金艺兰是个喜欢打破砂锅问到底的人，我告诉她："一般都很成功，我们组织活动都要制订活动方案，明确分工合作，不会有什么问题。""你为什么要去报社应聘？"金艺兰换了个问题。"我从小就有个记者梦，我虽然学的不是新闻专业，但我平时非常关注新闻，也喜欢把所思所想写下来，我自信应该能成为一个好记者。"

"开饭了！"我们谈兴正浓，庄蝶已经把饭菜摆上桌，金艺兰微笑着对我说："你的面试基本合格，我们去吃饭。"我丈二和尚摸不着头脑，庄蝶接过话茬："她跟你谈话的内容就是考察你面试的基本功。""是吗？"我一脸诧异。金艺兰说"我刚才考察了你的语言表达能力，活动组织能力，人际交往能力，与人沟通能力，求职的态度，以及实践精神，团队合作精神。我还注意到了一些细节，比如与我交谈时，你表情很自然，也表现得很自信，应该说这些你都合格了，剩下的就是你对应聘单位的文化内涵进行进一步了解，这样你就能自如应对面试。""真的吗？"我不知道金艺兰是真的满意我的表现还是出于对我的鼓励，她把面试说得那么简单，我自然感到轻松起来。

站起来，我把刚才坐过的椅子归位，准备开饭。来到饭桌前，庄蝶做好的三菜一汤冒着热气，她还特意开了一瓶红酒，我勤快地拿过酒，把三个玻璃酒杯倒满，首先诚心诚意敬两位姐姐，我虽然酒量不大，平时也不喝酒，但我知道，今天只有酒能表达我的谢意，我一仰脖子把酒干了，庄蝶和金艺兰没有推辞，高兴地把酒喝干，接着，她们两个轮番敬我，诚心诚意祝贺我入职考试初考入门，并预祝我面试旗开得胜。我没有任何理由推辞，所以，每一杯酒我都喝了个杯底朝天。也许是高兴之故，那天，我喝了五杯居然没有醉。

　　面试的日子终于到了。通知我们参加面试的依然是那个普通话很标准的女孩，她特别强调，有在媒体工作经验的优先录取，但必须有相关媒体的证明材料。

　　这可真让我为难，我真没有去媒体工作的经验，但找份工作太不容易了，怎么办呢？我跟大学同学谈起这事，他们几乎以同样的口吻回答我，那还不简单，找个在媒体工作的朋友帮帮忙盖个章不就"OK"了吗？

　　想想找份工作这么难，现在好不容易通过了笔试，如果面试成功，自己就变身为都市白领了。何况，国人都明白一条潜规则，笔试需要硬功夫，面试是有操作空间的，可以拉拉关系走走门子。于是，从不作假的我，鬼使神差让老妈托关系到家乡电视台弄了一份在此工作过的材料。

　　面试这天天气依然炎热，我早早来到南国时报社，走进报社大门，看见一个篮球场大小的草坪，草坪右边的高楼是办公大楼，左边是印刷厂。我根据标示牌很快找到了设在三楼的面试考场。参加面试的男男女女总共有三十余人，据说这次招聘采编人员4人。抽签后，大家在走廊的椅子上候场。

　　"林湘楚！"

　　终于叫到我了，我抽签抽到最后一个面试，我深深吸了一口气，以缓解自己的紧张情绪。走进面试考场，面试官一男一女两人正襟危坐，男人五十来岁，一脸严肃，女人显得很年轻，应该不到三十岁，一副精致干练又不失时髦的装扮。这样一本正经的氛围，说不紧张是假，我咬了咬嘴唇，控制好自己的情绪，轻轻整了整衣服，待面试官请我坐下，我说声谢谢，才缓缓坐下，等着对方的提问。

"请做自我介绍！"是男面试官在提问，女的做记录。

这个问题应该很简单，我练习过无数次，应该可以对答如流。可是今天，我的舌头竟然不听使唤，说话远没有平时流畅，甚至有点结巴。我的手不自觉地伸进衣服口袋，当触碰到那份假证明材料时，我的心就更安定不下来。

"请放松，不用紧张。"女面试官微笑着提醒我，听声音，这个女孩应该是给我打电话下通知的那一位。看着她，让我想起那天跟金艺兰姐姐愉快的交流，说来也奇怪，看着女面试官花一样的笑脸我竟然真的放松下来。

男面试官往我的简历上看了一眼，继续提问："你是学生会干部？"

听到这个问题，我兴奋起来："是的！"我想，这方面的问题他怎么问都难不倒我。果然，他提到了组织过什么活动，效果如何等问题，这是金艺兰姐姐提出过的问题，我对答如流，谢天谢地，男面试官脸上终于现出了一丝难得的笑容。

"你为什么来我们报社应聘记者？"

这个问题虽然大多数来应聘的人都会想到，但要答好却不容易，好在我做足了功课，所以我的回答考官显得很满意。我关注《南国时报》多年，对《南国时报》的办报风格和重点推介的典型人物和事件都能如数家珍般说出来，并把自己对当好一名记者的梦想和决心表达得很坚定。我在回答这个问题时，两个面试官听得很认真，还不时点点头，看样子，我的回答他们很满意。

"你在什么报纸或者杂志发表过什么作品吗？"

"在我们学报上发表过五篇散文，两篇人物通讯。"我老老实实地回答。

"你有没有到某单位做记者的工作经验？证明材料带来了吗？"终于问到这个让我纠结的问题。

听到这个提问，我的手不由自主地伸进了衣服口袋，但当手指接触到那叠材料时，我的心控制不住地砰砰乱跳，拿不拿出来呢？我犹豫着，看看面试官正似笑非笑地看着我，我猛醒过来，迅速把手从衣服口袋里抽出来，我还是选择了诚实。

"很抱歉，我刚大学毕业，没有做记者的工作经验！"我无奈地摇了摇头，咬了咬唇。口袋里明明有证明材料，我却犹豫了，终于不敢拿出来，我害怕撒谎。

"不过，我一定会努力的。"我坚定地看看两名面试官，只见他们俩耳语了几句，男面试官就宣布结果了：

"恭喜你，通过了面试，明天可以来报到了。"

"可是，我没有做记者的工作经验。"

"但你没有拿出假证明材料，你很诚实，所以，我们决定录取你，试用期半年！"

"你们怎么知道我有假证明材料？"我惊得目瞪口呆。女面试官微笑着说："你的表情和动作告诉了我们答案。"

真险啊，这些面试官阅人无数，看人是何等准确，如果我当时糊里糊涂拿出了假证明材料，却又回答不出这些经验丰富的面试官的有关提问，那就露馅了。

走出面试场，我赶紧给庄蝶、金艺兰打电话，告诉她们我面试通过了，并连说了一大堆感恩的话。接着，我又给老妈打电话，告诉她我已经凭自己的努力考取了一份很好的工作。老妈夸张地叫着"乖乖"，然后是没完没了的嘱咐。今天心情不错，我觉得老妈的唠叨也变得像音乐一样动听。

勤奋

第二天，我八点钟准时赶到报社报到。

先到人事部，交上毕业证和身份证原件，验明了我的身份，又填了一大堆表格，最后终于领到一块工作牌，上面有我的名字和编号，又到后勤部领了一大堆工作需要的物品，办完了手续，领完了物品，然后来到生活周刊报到。生活周刊在六楼，周刊记者算上这次新招的4人一共16人，4个新人中，高个子女孩叫沈洋，长发披肩，皮肤粉嫩，五官立体而精致，有模特范儿，可她是学政治的，与我同年，23岁。胖男孩叫涂刚，24岁，毕业于南方传媒大学。还有就是戴着黑框眼镜，剪着平头的26岁男孩陶涛，江海大学中文系毕业，曾在一家杂志当过两年编辑。我们的头儿叫杨杰，34岁，人如其名，她给我的第一印象是"一条女汉子"，齐耳短发，穿着白色衬衣，泼辣干练，脖子上挂着签字笔，手里拿着一沓卷宗，看着她我脑子里就蹦出"风风火火，轰轰烈烈"这些词儿。坊间传说，她中专学历，却当上了生活周刊主编，领导着一群本科生、研究生、甚至博士生，是个非常走运的人。也有人说，她是报社老总的亲戚，关系不一般，升职特别快。而我见到的杨杰更像个不让须眉的女豪杰。

杨杰拍拍手，召集大家到她身边，把我们四个新人介绍完，就给我们四个试用生指定了一对一帮教的师傅，指派当我师傅的是生活周刊新闻部主任于阳，他30岁的样子，中等个子，进报社5年了，很有才气。

于阳很热情，他是中山大学传媒系毕业的高材生。

"以后你就跟着我干，机灵点。"于阳拍拍我的肩，笑着说。

见人家对我热情，我也不能生分，忙不迭说着："唯师傅马首是瞻，请多关照。"

于阳是个很负责很热情很称职的师傅，他把我叫到他的办公桌前，对我进行了岗前培训：

"先给你介绍我们报社，我们报社有两百多号人，分要闻部、社会部、经济部、采编部、人事部、广告部、印刷部等十几个部门，我们这里是报社旗下的增刊——《生活周刊》，专做与老百姓生活息息相关的各种新闻。深入阐释新闻事件、阐发理论见解、介绍各种生活知识和实用信息是我们的主要任务。具体的以后慢慢跟你说。"

"我什么都不懂，请师傅多教教我。"我谦虚地说。

"目前来说，只要你勤奋努力就好。"

"那以后呢？"我对于阳的话的理解是只要目前努力，以后就不用那么勤奋了。

"以后看你的运气。"

他提到运气，我立刻想到庄蝶、金艺兰，如果不是遇上她们，也许我就不会有这么好的运气，来到这么大的报社工作。我同时想到了杨杰，如果能像她那么运气好，那么我转正、升职、加薪都不是问题。所以，我是相信运气的。但怎么样才能交上好运，顺利通过试用期，我心里一点底都没有。

我正胡思乱想，耳边响起了于阳带点沙哑的声音：

"你目前要做的，第一，是打开网站认真看我们生活周刊的文章，熟悉我们周刊部需要什么内容、什么风格的文章。这样对你采写有个感性认识。

"第二，要善于学习，丰富的知识储备是你成为一名合格记者的基础。对所有知识要有包容的心态和广泛的涉猎。

"第三，要善于思考，在和编辑讨论选题时，不要以为一味地听从就好，要学会争辩，把自己的想法大胆说出来，哪怕是很不成熟，只有跟编辑充分讨论碰撞后形成的选题才有可能是热点，也是最有意义的。怀疑精神和探索精神是当好一个记者可靠的基础。

"第四，干我们这一行一定要广交朋友，要善于交朋友，无论是三教九流还是达官显赫，要善于寻找和他们的共同语言，在通常情况下尤其要多和编辑记者交流，真心诚意把他们当老师。一定要主动，别人都很忙，一般不会主动来找你的，在工作上你要像对待朋友一样对待他们，不要太拘束，你会发现在与他们的点滴交流中学到很多东西。

"第五，要做一个有心人，观察你能观察到的一切，并尽你所能对它们进行全面而深入的分析。可能一个微小的细节就是一部重大题材的开始，总之要打开局面就要从有心开始。

"第六，勤奋是最重要的，当记者一定要做到嘴勤，手勤，脚勤，不要急功近利，不能投机取巧。"

于阳所说的嘴勤手勤脚勤，我当时并没有太在意，但一个月后，我算是领教了这个"勤"字的内涵。

于阳顿了顿，继续说："第七，做记者没有你们想象的那么高不可攀，要有信心，学习你该学到的，放弃你该放弃的，收获你该收获的。要学着成熟，我希望半年以后，你将不再是试用生，而是一名真正的记者！"

于阳的话貌似说得很轻松，但我心里却一点底都没有。

我们的头儿杨杰对我们这几个新来的试用生也非常关心，只要她有空，就把我们叫到她的办公室，了解我们对业务知识的掌握，并给出工作上相关的建议，鼓励我们好好干。

为了感谢师傅于阳的谆谆教导，我请他吃晚饭，他没有推辞，痛快地答应了。

"天天见"是一家广西人开的小餐馆，60元一位，既可以吃饱，还可以吃好，因为每份三菜一汤，味道也不错，分量也足，餐馆还收拾得干净整洁，所以生意火爆。

六点钟不到，这里已经聚集了四五十人，我麻利地选好了一个靠窗的位置，请于阳坐定，然后去领饭菜。

我们边吃边谈，因为我怕干不好丢师傅的脸，显得有些不自信，于是话题不知不觉又扯到了杨杰身上，于阳向我打气："她中专毕业都能当我们生活周刊的头，而且当得很好，你好歹也上了本科，怎么会干不好？"

"那是人家运气好。"不知怎么回事，我尤其对她运气好的话题感兴趣。于阳不以为然，他说："杨杰的运气的确好，但一切都是她努力换来的，她不是那种靠拉关系走后门升职的人，她的勤奋，是一般人难以想象的。她进报社的第一个职务是一个勤杂工，然后，在办公室做秘书，随后当记者，做编辑，升任周刊部副主编、主编。虽然她一年上一个台阶，但她每走一步都很扎实。她做记者的时候，她报了函授本科班，为了学习工作两不误，她付出了常人难以想象的辛苦，她在编辑部放了一张竹席，白天卷起来，晚上摊开，她就在那里睡，当时她的时间表上显示，一天里，她吃饭、睡觉、洗衣服、洗澡、上厕所的时间全部加起来，不超过 7 小时，为了节约时间，她甚至可以连续吃一个星期的方便面，人称她'拼命女郎'。只要你打开我们报纸的合订本就明白，她当年发的文章的数量和质量在所有记者中都是遥遥领先，这都是她勤奋努力换来的，你对她不服气都不行。你记住，在我们这样的业务部门工作，投机取巧没有用，溜须拍马也没有用，发表文章又多又好才是硬道理。"

看得出，在于阳这个高材生眼里，杨杰是值得崇敬和佩服的领导。

4

坚持

　　终于，我上岗了，于阳给我一条线索，是一起医患纠纷，一名外来务工人员因胆结石住院治疗而死亡，医药费高达 15 万元，医患双方一方要求赔命，一方要求偿还医药费，闹得不可开交。于阳要求我去做个调查写篇报道。时间是两天，采访稿写好后交给他审看。

　　我决心尽快完成任务，给师傅一个惊喜。

　　我满怀信心来到市人民医院采访，可事情并没有想象的那么简单。当时我并不明白，要想完美地完成任务，必须想尽办法，采访到关键人物。而且，这种题材的采访，必须全面听取各方的意见，才能搞清事情的真相，也才能做到报道客观公正。可是，医院方面拒绝媒体采访，院方关键人物连人影也见不到，政府方面也没有发布消息，其他相关人员也躲着记者，于是我只对死者家属采访了一下就匆匆把稿子写好，只听了一面之言，根本没有触及事情的本质。

　　当我把写好的"豆腐块"交给于阳时，我看他眉毛皱成了一团，我感觉事情不妙，不敢作声，只听于阳说："这样的稿子你也敢上交？你自己看看医患纠纷的来龙去脉写清楚了吗？"

　　接着，他拿出另一名资深记者写的稿子给我看。原来，于阳担心我完不成任务，还派出了另一名记者去采访，同样的题材，人家洋洋洒洒写了四千多字，而我只写了四百多字；人家采访的人数达20 多人，院方的院长，主治医生，当班护士，政府分管卫生工作的领导，宣传部分管对外宣传的领导，患者家属、亲属、朋友以及治疗胆结石方面的专家，医患纠纷调解方面的专家，还有普通群众等都采访到了，报道客观公正，事情交代得一清二楚，我看了感觉惭愧的同时，着实心服口服。

第二天，于阳又给我一条线索让我去采访，这条线索说的是国家发改委明天起将上调汽油柴油价格，让我通过采访写篇述评。

这回，我吸取上次的教训，天不亮就起床，不但到加油站采访。还采访了各种车主，想详细听听他们各自的看法，但由于我是个新手，与人打交道没有经验，人家对我要么以忙为借口不理我，要么应付我随便说两句，或者干脆拒绝，采访无法深入，我勉强东拼西凑写了一千多字的文章，交给于阳审阅。这回，于阳没有皱眉，还说比上次有进步，但文章就像记流水账，无法发表。

这样几次三番，我拿着选题出去采访，虽然早出晚归，拼命努力，但写好的文章均被无情"枪毙"，于阳虽然每次都鼓励我有进步，但我的大作离发表在周刊上的要求似乎还很遥远。

我决定自己找选题，然后模仿前辈写的文章上交。但问题是与采访对象的交谈始终无法深入，有些人根本不愿接受采访，见到我就回避，虽然辛辛苦苦写了几十篇，仍旧被扔到了字纸篓。于阳看我的眼神很复杂，既有怜香惜玉的同情，又有恨铁不成钢的恼恨，他对我说的一句话让我终生难忘："湘楚，你这个样子怎么在这个竞争残酷的社会上混饭吃？"

我开始有些丧气了，于阳无奈，只好带着我一同出去采访。一个月下来，我一共写了55篇稿子，只有两篇与于阳一同署名的消息发表在生活周刊上，这两篇稿子初稿都是我写的，但经过于阳"动大手术"才发表的。其他三个新来的，也写了几十篇，涂刚和陶涛比我好，涂刚单独发表了1篇通讯，而陶涛到底有些经验，他发了两篇报道，最惨的是沈洋，她连与人合作的稿子也没有发表。

我有些害怕起来，没想到当记者这么难，我已经很努力了，每天6点就起床，干到深夜才上床睡觉，不停地采访写作，却都白干了，我的信心受到严重打击，于是想到了逃避，害怕万一半年后转不了正，被炒了鱿鱼，那将是多大的耻辱！我对得起谁呀？

想想自己并不差，从小学到大学，虽然成绩并不是很拔尖，但其他方面表现还不错，有好些学习比我差的同学，都找到了稳定体面的工作，是他们比我运气好还是他们比我勤奋？为什么我这么努力却得不到好的回报？我找庄蝶姐姐倾诉，告诉她我现在的困惑，希望她给我指点迷津。

庄蝶放下手里的活，耐心给我讲述她的经历："你不要看我现在风光，其实入职初期，我也迷茫痛苦过，甚至怀疑自己是否适合做销售。那时，我经常一天工作十八个小时，可是连续几个月都接不到一个单子，看着卡里只有三位数的余额，觉得人生荒芜得可怕。由于工作压力太大，我每天大把大把地掉头发，人瘦得皮包骨头，辛苦倒不算什么，最让我绝望的是，在我人生最灰暗的时候，恋爱了三年的男友竟然头也不回地离开了我，理由是他想找个能帮助他走捷径的女友，不想这么苦熬下去，他吃不了这种苦，也看不到希望。为此，我躲到一个没人的地方撕心裂肺地痛哭过，我曾经无助地问苍天，我这么努力，为什么命运对我如此不公！但哭归哭，第二天太阳照样升起，我照样会把自己打扮得大方得体去上班，继续卖力地付出。其实我要感谢那段痛苦的经历，因为那样的经历让我变得很坚强，我强迫自己学习、进步、成长，我坚持下来了，更重要的是我懂得了为人在世其实是一种修行，而这种修行就是锻炼自己的心志和意志，在不断的修行中不断地超越自己，实现梦想。懂得了这个道理，自己就再也不会为困难所吓倒，更不会为付出了多少回报了多少而计较，只会诚心诚意为人处世。渐渐地，我人越来越开朗，工作越来越顺手，越来越轻松，寻找联系客户再不用那么劳神费力，相反，客户会主动找上门来，我银行卡上的余额也嗖嗖地往上涨，这让我觉得很有成就感，更让我自豪的是，我有能力帮助他人。"

庄蝶说自己的这些过往时，非常平静，似乎在说别人的故事，她看我听得很认真，开始传授一些可操作性的经验，她说："第一，万事开头难，你要学会坚持，不要刚刚付出一点点，就想得到回报，春天播种，到秋天才会有收获，其间你要努力浇水、施肥、除草、杀虫，掌握一整套种养技术和方法，最后才会有收获，所以，千万不能急功近利。轻言放弃，是一种典型失败者的习惯。人要有长远眼光，你不可以动不动就灰心丧气，有个著名摄影家说：'不会摄影，你用心拍摄一万张、十万张照片，然后在比较中进步，你也可以成为伟大的摄影家。'皇天不会辜负苦心人，你只写了几十篇文章没有发表就灰心的话，那你这辈子就注定要平庸度过，你付出了，坚持了，就一定会有收获。记住一句话，'成功者永不放弃，放弃者永不成功'，成功的秘诀就是抓住目标不放，只要你有目标，并朝着这个目标拼命奔跑，你的梦想一定会成真。

"第二，你要培养工作的乐趣，把工作当作一件快乐的事，不要把工作当作一种负担，一种压力，要学会享受工作带给你的快感，这样你就有使不完的力气。你想想，如果署着你大名的文章发表在报刊上，有多少读者拜读你的大作？那是多么有成就感的事情！以后你成了名记者，别人看你的眼神带着崇敬，那你就有当明星的感觉了。

"第三，多学习方法技巧，你写作功底不错，更重要的是你曾经那么喜欢写作，方法技巧这些问题完全可以学的，还能难得倒你吗？三人行必有我师，要虚心向人请教，不要闷头蛮干。

"第四，记住，伟大都是熬出来的，不要怕吃苦，正是生活中的那些苦，才能激发我们向上，使我们的意志更加坚强，瓜熟才能蒂落，水到才能渠成。我们和蝶一样，人的成长必须经历痛苦挣扎。成功只属于敢挑战、懂坚持的人，相信我，你的坚持总有一天会照亮你未来的路。"

听了庄蝶一番话，我如醍醐灌顶，握紧双拳喊道："坚持！坚持！"

告别庄蝶，我将手机和电脑里所有的游戏、小说以及相关玩乐的链接全部删除，把吃饭，洗衣，睡觉等全部控制在 8 小时以内完成，其余所有时间，都用来研究生活周刊的文章和选题、采访、写稿上，当然，我也会抽时间去拜访发稿率高的师哥师姐，更虚心地向于阳师傅请教，我还利用周末，去拜访报社德高望重的退休老记者、老编辑，晚上挤时间帮那些值夜班的编辑们做点事，让他们知道我是懂事好学的试用生，能理解并融入他们的工作，这也让我更加认识到做新闻这一行的行道。

半个月后，我终于在生活周刊上发表了一篇单独署着我大名的社会生活调查，是关于幼儿教育的报道，于阳帮我做了一些修改，并表扬我选题切中市民关心的热点，写作也有很大的进步。

这个月结束时，我终于在我们生活周刊上发表了 5 篇报道，可惜，没有一篇有分量的报道发在版面头条。但月底综合排名，在十六名记者中我排在第十二名，我的师傅于阳排在第一名，陶涛、涂刚分别排在第十、第十四名，沈洋排倒数第一，她喜欢独来独往，不大喜欢交朋友，也许她的心压根就没在做新闻上。我在四个新人中，排名第二。

没等实习期结束，沈洋就递交了辞呈，她说，自己不是这块料，还是趁早开溜的好，她临走时邀请我们几个新来的和她的师傅到报社附近的"小掌柜"吃晚饭。下午下了班，我们如约而至，酒店不大，但还算干净，更重要的是这里的当地土菜味道不错，价格也不贵，沈洋预订了一个包间，她叫服务生抬进来一箱啤酒，准备不醉不归。

酒一瓶瓶地喝，沈洋的师傅老姚始终不说话，教了这么个不争气的徒弟，他一定不好受，我们几个也高兴不起来，倒是沈洋一脸的无所谓，几杯酒下肚，她的话也多起来：

"大家别喝闷酒，天塌不下来，这里的工作不适合我，天天加班，压力山大，即使报社挽留，我也不乐意留下来。"

"那你下一步打算怎么办？"老姚虽然年龄刚过 40 岁，但他早早秃顶，大家都叫他老姚。

"我从小喜欢养花，我想开家自己的花店，然后找个爱我的男人嫁了，和他过平平常常的小日子，我不求大富大贵，但这是我想要的生活。"

听沈洋这么一说，大家的心情顿时放松起来，人各有志，选择自己想要的生活总是有其道理。

"祝你心想事成。"我端起酒杯敬沈洋，她痛快地把酒干了。

接着，大家都端起酒杯真诚地祝福沈洋如愿以偿。

直到把一箱啤酒喝完，大家才纷纷散去。

舍得

第二天，沈洋要回家乡去开自己的小花店，我执意把她送到火车站。虽然我们平时各忙各的，很少来往，但终究同事一场，她这一走不知道何时才能相见，心里不免酸酸的。平常话语很少的沈洋变得健谈起来："我以前老觉得当记者风光，现在觉得这一行太不容易了。"

"其实，干哪一行都不易，你要做好思想准备哦！"我拍拍她的肩，像是在提醒她，其实也是在勉励我自己。

临进车站时，我不能再送，她张开双臂抱住我："我会好好的，放心吧！"

"加油！"我一边迎接她的拥抱，一边鼓励她，她进了站，还不住地回头看我，我向她挥挥手，她笑得那么灿烂，似乎前路一片光明。我的心也随即放松起来。

我叫了一辆的士准备赶回报社，路过一家工厂时，见围了很多人在看热闹，我问司机："那里发生了什么事？"的士司机摇摇头，职业的敏感让我叫停了的士，下了车，我走进去一看，见十几名年轻壮汉正挥舞大锤在砸十几排摆放得整整齐齐的崭新的微波炉，一打听才得知，这是东源电器公司生产的一批用户投诉有问题的产品，公司老总罗万全得知这批产品不合格后，下令当着全体员工的面，将这批产品砸毁。

微波炉虽然是一种小家电，但在假货满天飞的大背景下，一家小公司能有这样的举动意义非凡，我感觉这是一条很有价值的新闻，于是决定找到罗万全进行深入采访，罗总就在现场，经人指点，我来到他的身边，说明我的身份和来意，他没有因为我是实习生而拒绝，还热情邀请我到他办公室谈谈。

跟随罗总来到东源电器公司三楼，这是一家只有70多名员工的小公司，他自我介绍是山东人，46岁，个子不高，皮肤黝黑，倒像是地道的南方人，他双眼炯炯有神，一看就是个质朴实在的人。

"你们公司哪年成立的？"

"成立7年了，起步不久，在全国还没有什么影响。"他谦虚地说，一边请秘书给我泡茶来。不一会儿，一个长得眉清目秀、身材高挑的姑娘泡好了一杯热气腾腾的枸杞菊花茶给我送来，我喝一口茶，继续采访罗总："你今天这个举动在员工中反响很大吧！据我了解，对不合格产品一般是采取维修的办法，然后降价处理，为什么要弄出这么大动静呢？"

"说来话长，我们前两年生产的微波炉因为价廉物美，很受市场欢迎，我们的团队正信心百倍开发新产品，今年开发了两款新产品，其中一款多功能微波炉投放市场后，却接连收到了三家用户的投诉，说是我们的这款产品在使用过程中有骤然停机现象，然后无法启动。听到这样的投诉，大多数企业会选择维修，调换，退货等手段解决问题，我们的管理团队中多数人也觉得，产品有点问题是正常现象，但我觉得，一个企业有了致命的质量隐患，管理团队危机意识却不足是很危险的，所以，我说服大家把这批产品统统销毁，这样做虽然会使我们这家起步不久的公司损失上百万，但我坚信'先卖信誉再卖产品'的理念是正确的，决意要当着生产这批产品的员工的面砸毁这批产品，目的是以这一举动砸出东源员工的危机感和责任感，砸出东源在民众中的信誉。"说到这里，他喝了口茶，继续道："其实，我们这么做也不是个创举，人家海尔集团早就这么干了，结果，他们越做越强，产品在全世界都是响当当的。"

罗总说话语速不快，我几乎可以把他说的每句话记下来。

"你为了保证质量，赢得信誉，舍得砸毁整批产品，这还是需要很大的勇气吧！"

"任何一个企业领导者，都深知信誉危机对企业发展的杀伤性。事实上，企业对于信誉危机的处理往往有相当难度，因为信誉危机的发生总会不同程度地影响到企业形象，影响企业正常的生产经营活动，威胁企业的既定目标的实现，严重的将导致企业破产。但一般情况下，信誉危机的产生多半是和经济问题挂钩的，因此，如果企业能够主动放弃利益，那么，挽回企业的信誉是可能的。所以，要避免出现信誉危机，就要把眼光放长远些，而不是为了眼前利益而牺牲信誉。"

"你一定可以成为一个伟大的企业家，创出一个响当当的微波炉品牌。"我欣赏他的做法，由衷点赞了一句。

他显然很受用，笑得很爽朗："借你贵言，谢谢啊！"

"我想到你们车间看看，可以吗？"

他爽快地答应了，随即打电话叫来了总经理助理岳林，罗总说："他是个秀才，对车间熟悉，而且他最支持我的工作，请他陪你去车间看看。"

"好的，谢谢罗总。"

"不客气，欢迎常来。"与罗总握了手，就跟着这个被罗总称作"秀才"的岳林出了门。

岳林看上去很年轻，应该不超过28岁吧，他阳光俊朗，气度不凡，不知道怎么回事，看到他，我立即想到了安晨，总觉得他们有某种相似，可又有某种说不清道不明的区别，这种奇怪的感觉立即拉近了我和他的距离，我像老熟人一样跟他打招呼："你好！我叫林湘楚，《南国时报》生活周刊的见习记者。"岳林热情地与我握手，并自我介绍："我叫岳林，欢迎你！""先介绍一下你的情况吧！"我对他的好奇似乎不只是为了新闻报道。"我是在5年前到这个公司的，再过一个月就满28岁。"我扑哧一笑，得意自己看帅哥年龄几乎精准无误。

岳林很热情，首先把自己的来历简单做了介绍，不等我发问，他又把罗总的家底抖了出来："罗总是个了不起的人，他父亲早逝，家境贫寒，他只上过初中，十几岁来到江海，在街头擦过皮鞋，送过外卖，在工地做过泥瓦匠，在家电商场当过学徒，靠10多万元打工积蓄起家，如今拥有这家价值几千万的公司，靠的就是真诚守信，舍得付出。"

"舍得付出？"

"是的，我们公司前年设立了一个慈善基金，每年拿出公司年利润的20%做没有回报的慈善事业，比如帮助需要帮助的人，建希望学校，给灾区捐款，资助留守儿童等。"

听着岳林的介绍，我对罗总又添了几分敬意。

岳林继续介绍道："我们公司起步不久，是个新公司，在行业内还没多大影响，但我们的企业发展很快。"

在车间走了一圈，并没有开工生产。岳林说："今天全体员工集体学习，上午你看到了，都在砸毁问题微波炉的现场，下午都在礼堂集中听讲座，邀请了深圳著名的经济学家谢一南教授来讲《信誉是企业的灵魂》一课，如果你有兴趣，欢迎来听讲。"

"你们公司员工集体停工听讲座？"我奇怪地问，因为作为企业，时间就是金钱，哪有全体停工听一个教授讲课的道理？但岳林不这么看，他认为磨刀不误砍柴工，员工的思想统一了，企业才有凝聚力，才会事半功倍，所以他们公司非常重视抓学习，塑造企业文化。

我因为急着赶稿，必须回去，于是向岳林要了公司的资料，并请岳林把下午谢教授讲课的视频和课件发给我，告别岳林后，赶回了报社。

我把今天送沈洋回来时遇到的情形向师傅于阳作了汇报，于阳非常感兴趣，他要我下午务必把稿子赶出来，下班前交给他修改，然后交给夜班编辑，定能上明天的头条。

果然，第二天我们生活周刊的头版头条发表了我的新闻特写《东源："砸"出信誉》。

稿子见报后，罗总非常高兴，为了报答我们生活周刊对他们的支持，主动承诺下一年到我们周刊投放 300 万元的广告。这件事杨杰知道后也很高兴，表扬我新闻敏感性强，做了一件一举两得的事，并鼓励我再接再厉。

新闻发表后，我的师傅于阳让我回味整个新闻事件，看是否有继续跟进的可能，看看在细节的处理上是否还有缺陷，他要我每发一条新闻都要这么做，说这是一种职业要求，也是一种人生态度。他鼓励我每天都要努力超越自己。听着师傅的教诲，我深感于阳不但有才华而且责任感很强，我在敬佩他的同时，深感肩上担子的分量。

感恩

　　自从认识岳林，他就经常给我打来电话，有时是问好一句，有时是请我喝茶或吃饭，有时是说说他们公司的新闻，他的声音很磁性，更重要的是他灿烂的笑容让我在电话里也能感受得到，他总是有办法把气氛搞得很轻松，使我疲惫的身心得到放松。我当然乐意听到他的电话。一来二去，我们已经把彼此当作很要好的朋友。

　　这天是周末，我打算上街给自己添点行头，把自己打扮一番。昨晚，老妈来电话说了一大堆，催促我不要只顾着工作，也要考虑找对象的问题，女孩子外表形象很重要，该好好梳妆打扮，不要耽误了大好年华。老妈还警告我，女孩子过了 25 岁就不好找对象了，所以现在要有危机感，工作之余要时时留意，给自己找个好归宿。我答应老妈，一定给她找个好女婿。

　　不知何故，母亲提到找对象，我竟然第一个想到了岳林。可是以前，我的心中只有安晨，虽然我和安晨从来像兄妹一样，彼此没有任何逾越兄妹情以外的情感表示。那时，在我的世界里，完美男人似乎只有安晨一人。大学四年里，也有不少帅哥追过我，虽然我像大多女孩一样喜欢帅哥，但喜欢是一回事，爱不爱是另一回事。所以，在别的男孩面前，我不为所动，一律婉拒。全系的人都知道我有个安晨哥哥，虽然大家没见过安晨是什么样子，但大家似乎知道我的心思，所以，久而久之也就没有人再追求我了。

　　可是，自从安晨去了国外，我们就很少联系，甚至我到江海工作也没有告诉他，他是否找了女朋友我也一无所知。我正胡思乱想，岳林打来了电话："喂！湘楚，今天有空吗？我请你吃晚饭！"

"有空！"我想都没想就这样回答岳林，似乎心有灵犀，我正想到他，他的电话就来了。我想，见见岳林，一来可以放松一下，二来可以了解他们公司在砸毁问题微波炉后的生产销售情况，当然还有一连串我感兴趣的问题，比如他有没有女朋友？他结婚了没有？这么顺眼的男孩的确不容易遇到。如果他没有结婚他会不会追我？如果他追我我该怎么办？唉，我真没出息，为什么就莫名其妙对岳林抱着这样的幻想呢？我不是一直不能忘怀安晨吗？何况人家不过是请我吃顿饭而已。

"下午我来接你。"见我没有回应，他提高了音调："喂！你在听吗？"他似乎说了一大堆话我都没有听到，这时我才意识到自己走神了。

"我在听，听得太认真，所以没有回应你嘛！"

"那下午见！"

"好的，下午见！"

挂了电话，我直奔友谊商场，那里是我近段时间固定购物的场所，离我租住的"自在居"很近，商品品种齐全，价格适中。我想，有个固定的购物场所，避免了瞎逛街浪费时间。

打的去友谊商场，只要8元的起步价，我叫了的士，很快到了目的地。来到二楼的女装专卖场，走马观花转了一圈，很快看中了"亚莹"这个国产品牌的服装，老板是个漂亮的南方姑娘，她热情地为我介绍各种款式的外套，衬衣，裙装，职业装，休闲装，晚装。我为自己挑选了一套米色职业装，一套家居碎花休闲装，还仔细挑选了一件黑色吊带加一件红色针织小外套，并配上黑色及膝裙，打算今晚赴约的时候穿。随后又到一楼化妆品专柜买了一套护肤品。付了款，我提着大包小包回了"自在居"，一上午的时间就这么打发了。

吃了午饭，离与岳林约会的时间还早，我打开电脑上网查资料，找选题，这个月的发稿任务我已经完成，但还是不能放松，必须未雨绸缪，为下月的任务奋斗。

我是个适应能力很强的女孩，似乎已经适应了这种有选题忙死，没选题死忙的生活方式，过得倒也充实，自己加班加点写出的文字变成铅字发表在报纸上"以飨读者"的那种感觉特别让人欣慰，所以，再苦再累，也感觉这是值得的。

下午五点，岳林的电话如期而至，他说半小时后到"自在居"门口接我。我把查找的有用资料整理储存好，关了电脑，准备把自己打扮一番。洗脸，护肤，描眉，涂口红，整理头发，一气呵成，然后穿上今天买的服饰，在穿衣镜前一站，看到一个女人味十足的清新美女笑意盈盈，"人靠衣装，马靠鞍"真是一点也不错，我这样很少在装扮上花工夫的姑娘一打扮也是可以瞬间变得美丽动人的。平常赶时间，我确实怠慢了自己，很多时候都是匆忙起床，然后胡乱洗把脸，胡乱以手当梳整理下头发，边走边往嘴里塞点食物，就匆匆赶往新闻现场，那是怎样的形象可想而知。

我刚把自己收拾好，岳林就到了，他是开着一辆半新半旧的雷克萨斯来的，看到我走出自在居，他眼睛一亮："你今天太美了，简直不敢相认。"我说："太夸张了吧，只不过穿了套新衣服而已。"我上了车，他还在称赞我这身打扮太适合我了。我乐得被他赞美，心里很得意。他开着车左转右拐，来到一个叫同心街停车场的地方停了车。"这家餐厅环境好，口味也好，你一定会喜欢的。"岳林领着我来到一家叫"欣康"的中西餐厅，门口站着两个衣着鲜亮的姑娘，其中一个彬彬有礼地把我们引到餐厅。"这家餐厅生意非常好，我早上订餐才有位置，要是晚一点就订不到了。"岳林边说边把我让到前面，我们跟着姑娘走进二楼大厅，我看到偌大的餐厅可谓座无虚席，但相对安静，大家小声说着话，连孩子也没有吵闹的，姑娘把我们引到西北角的一个卡座坐下。

刚坐定，岳林娴熟地拿起菜单递给我，让我捡喜欢的尽管点。

我看看菜单上五花八门的菜式点心，不知道从何下手，就把菜单交还给岳林："你熟悉这里的味道，还是你点吧，我反正胃口好得很，什么都喜欢吃。"岳林于是点了牛扒，比萨，果盘还有两盘炒菜，一瓶红酒。问我还要什么，我说："不用了，就这些吧。"

"说吧，为什么请我吃饭?"我看着眼前的岳林没话找话地问。他说："今天请你吃饭，一是想感谢你对我们公司的支持，你的那篇报道对我们帮助非常大，现在，我们的微波炉在江海销售火爆，你是我们公司的恩人，理当感谢。"

他的声音永远是那么磁性好听，尽管他说话像作报告一样有些程序化。

"你是代表你们公司还是代表你个人来感谢我?"我看着他微笑着问。

"我是代表我个人请你，但我是公司的一分子，所以我也有理由站在公司的角度对你表示感谢。"

"这是我的工作，应该的，就不用谢来谢去了。"我豪爽地说。

他顿了一下，继续说："好吧，其实，我请你还有其他原因。"

"其他原因?"

"是啊，二是与你告别，我要到肃州去开辟市场。"

"为什么是你去肃州开辟市场? 不可以派别人去吗?"

"这着棋很关键，我们的产品周边市场都打开了，发达省份的市场很容易推开，只有肃州的市场有待开发，如果此举成功，我们的产品就推向全国了。"

"可是，肃州那么偏远落后，万一你此去不成功怎么办? 听说你很快要升为副总，为什么要放弃已知的升迁去走未知的路呢?"

"我们老板虽然舍不得我走，但我必须为他分忧，为公司的未来着想。"看来他是怀着感恩的心去执行这项艰巨任务的，有这样的心态，加上这么一股子倔劲，我没有理由不相信他。

"看来你做事目的性很强，那还有第三个目的吗?"我把"目的性"这三个字说得很慢并加重了语气，他并不反驳，直接回答："有，三是想见见你，我这一走不知什么时候回来，其实这是主要的目的。"

我想钻牛角尖："这个目的和目的二内容一样，只是换一种说法而已。"

"谁说是一样的内容？如果不是想见你，我在电话上也可以与你告别，何必大费周折？"

"我是否可以理解，做事目的性强的人，很有心机？"我以职业习惯向他发问。

"我的理解是，做事有目的性代表这个人做事有条理，有计划，与你说的心机是两回事。"他说得很认真，但微笑始终挂在脸上。

"你总是有理。"我回应道。

"我还计划每天给你打电话、发微信，你不会嫌烦吧！"他还是那么淡定，微笑着问。

"怎么会？"

这时，服务生把我们点的食物陆续端上来，他把两只玻璃杯倒了小半杯红酒，又把我用的牛扒用刀叉分割好再放到我面前，然后举杯敬我，他喝酒的动作很娴熟，但没有我想象的一口闷的豪气，而是慢慢仰起脖子把酒喝干，我本不善于喝酒，为了营造气氛，只好端起酒杯意思了一下。

"适当喝点红酒有好处。"他坚持让我把酒干掉。

"我酒量很小，平时不轻易端杯，万一醉了怎么办？"

"有我在，不会让你醉倒的，我会保护你，尽管放心。"看他说得诚恳，我乖乖把酒干了。

喝了第一杯，并没有想象中的脸红头晕，于是我主动把两杯酒倒上，回敬了他一杯。就这样，我们喝了四五个回合，他看我已经有点不胜酒力，再也不让我喝了，叫了一杯木瓜汁给我，剩下的红酒由他喝。

"听说有一大堆漂亮女孩在追你，选中了吗?"出于好奇，他有没有女朋友这个问题我一直想问。

"我在大学时谈过一个女朋友，后来她跟一个富二代出国了，此后就没有谈女朋友，不过，从今以后没准就有了。"他狡黠地笑着，目光一直没有离开我。

"你不会看上我了吧?"说着，我扑哧笑起来。

"是的，从见到你的那天起，我就忘不了你了。"他说得很严肃。

我止住笑:"别逗了，你条件这么好，肯定有好姑娘赶着追你，不过不是我。"

"是有女孩追我，但这种事是要讲缘分的，你说是吗?"岳林说得很诚恳。

我点点头:"是的，但我心里有人了。"见我陷入沉思，岳林试探着问:"他是谁? 他也爱你吗?"

"我……他……"我有些心虚，又不会说谎，不知说什么好。

见我支支吾吾，岳林笑了:"看情形，你在搪塞我，我有机会追你。"

"你不是要去肃州开辟市场吗? 我看你鞭长莫及。"我开玩笑道，想掩饰自己的心虚。

"我不会去太久，最多半年，我一定会回来的。请你给我机会。"他抓住我的双手，坚定地看着我，那眼神，给人不容置疑的感觉。

"我觉得我们做好朋友不错。"我挣脱他的手，语气尽量放松，我不想让他尴尬，毕竟他是除安晨外我唯一愿意单独相处的男孩。

"我不用你现在就接受我，我会给你充分的时间认识我、了解我。"

"比我好的女人多的是，你又何必呢?"

"在我眼里，数你最好，你跑不掉的。"

"别油嘴滑舌了，送我回去吧!"

"好的，走吧!"

吃完晚饭，我整个人轻飘飘的，就像做梦似的，感觉很不真实，我为什么对岳林拒绝呢？难道他比安晨差吗？

我虽然没有醉，但似乎有些迷糊，潜意识里一个声音在提醒我：择偶这种人生大事马虎不得，我需要清醒，需要思考。于是，我要岳林送我回家，岳林二话没说就送我回到了自在居，他看我进了家门才放心地开车离开。

第二天，我刚起床，岳林的电话又打了过来，他问我昨晚睡得可好？又嘱咐我要记得吃早餐之类的话。

到了报社门口，一个男孩捧着一束香水百合向我走来："你是林记者吧？"

我点点头，他就把花递给我："这是给你的，请收下。"

"你是谁？我不认识你啊！"我奇怪地问。

男孩也不多说什么，挥挥手说着再见就一溜烟跑了。我正疑惑，岳林的电话又打了过来："我送的花你还喜欢吗？"

"我是喜欢花，但我没有答应做你女朋友，你这样做合适吗？"我感觉他这样做很荒唐。

"作为朋友就不能送花了吗？祝你开心！"

"可是……"

"湘楚，交男朋友了？大清早的有人送花，祝福你！"没等我打完电话，见师傅于阳走过来跟我打招呼。我看同事们陆续来上班了，不方便抱着一束花站在办公大楼门口打电话，就急忙挂了岳林的电话，走进办公室，开始了一天的忙碌。

尽管我很忙，岳林还是能找到空隙约我，或请我吃饭喝茶，或约我散步聊天，我们谈论的话题无外乎各自的工作、生活，偶尔也会谈及感情，不过我会马上采取回避的态度，但他并不在意。

用心

这天晚上，我翻来覆去睡不着，因为接到安晨的电话，说他快要回国了。

想起在大学的时候，我们寝室的六个姐妹，只有我没有谈恋爱，任何一个男孩追我，我总要把他与安晨对比，似乎我们学校没有谁比得上安晨，于是我坚定地拒绝师兄师弟的热情追求，我知道是我心里装着安晨，但安晨似乎无意，因为他始终没有对我有明确的表示。

在我的潜意识里，男女恋爱结婚这种事，应该是男追女才对，这样，女方才显得尊贵，女人嘛，终究是矜持些，但是，遇到安晨这样不主动的男孩，真是无可奈何。我想，安晨太过优秀，主动追求他的女生不知道有多少呢。

既然安晨不主动，我又忘不了他，只有我主动了。为了爱，暂时放下矜持又有什么关系呢？我安慰自己。

第二天，我从花市买来两盆姬金鱼草精心养护，花农告诉我，姬金鱼草的花语是"请觉察我的爱"，这是一种喜光性花草，只要阳光充足，则花开茂盛鲜艳。"自在居"阳台背光，我只好每天早晨上班前把花盆搬到屋外花池的花带上，让我的姬金鱼草好好享受阳光照耀，等下午下班再搬回家，我好给它们浇水施肥松土，虽然辛苦点，但我乐此不疲。

很久没有安晨的消息，他出国后，曾给我来过一个电话，那时，我还没有参加工作，他说在国外忙，他要抓紧分分秒秒学习，不方便多打电话，有事回国后再详叙，我特别理解他，他从小就不贪玩，为了追求得第一，总是争分夺秒如饥似渴地学习。正因为如此，我一直想他，但不忍给他打电话，生怕打扰了他而影响他的学习。

时近十月，他回国的日子快到了，这次，我一定抓住机会好好跟他谈谈，我要鼓起勇气大胆说出我的相思我的爱。

等待的日子总是很难熬，好在我的工作压力大，整天忙得像抽动的陀螺，只有对姬金鱼草，我是再忙也不肯怠慢的，每天忙得昏天黑地的时候，只要对着姬金鱼草说说话，一切的疲劳也就烟消云散了。

这天起来，风清气爽，我惊喜地发现，姬金鱼草结了许多小小的花骨朵，似乎昨天还没有，怎么一夜之间就冒出这么许多花骨朵了呢？

中午，我带着疑问去花市问花农，她一点都不奇怪："这几天阳光灿烂，加上你那么用心培育，姬金鱼草开花自然快些，其实，花骨朵不会一夜就冒出来，或许昨天只是花骨朵太小，你没有看出来而已，今天花骨朵长大了一点点，你仔细看就看出来了才那么惊喜。"

"那么，这种花的花期有多长？"我怕花谢了，安晨却还没有回来。

"花期有两个多月呢。"

"哦，谢谢你！"

告别花农，我迈着轻快的步子回到自在居，再看看姬金鱼草，那花骨朵似乎又长大了些。

"你们一定要在安晨回来的时候开得最艳丽，你们可要争气哦。"我对着姬金鱼草喃喃自语。

姬金鱼草似乎很有灵性，它们一定可以听得懂我的话，我说完，它们果然摇曳生姿，貌似对我点头回答。

出人意料的事总是时有发生，这天也一样，安晨回来的大好消息，竟然是庄蝶打电话告诉我的，当时，我正在办公室写稿子，骤然听到这个期盼已久的消息，脑子一下子就乱了。安晨知道我在江海，是庄蝶告诉他的，他也知道我的电话，为什么他不第一个打电话给我呢？下一步我要打电话给安晨还是等着他打我的电话？万一他不打我的电话怎么办？难道我就这么干等着？也许，他要把该忙的都忙完才来看我，以给我一个惊喜吗？

我的脑子充满了疑问，但我只能自问自答。

自从接到庄蝶的电话，我像打翻了五味瓶，不知是什么滋味，就算他不爱我，但我们兄妹情总还在吧，怎么会他回国了还要别的人来告诉我，他真的是太忙，连打个电话的时间也抽不出来吗？于阳见我心神不定，关心地问："湘楚，你没事吧？"

我这才回过神来："哦，没事！"

直到下了班，还是没有接到安晨的电话，我几次三番拿起电话拨他的号码，又删除，始终没有按下呼叫键，潜意识里，还是希望他主动找我。

晚饭我吃了点面条，也没吃出什么滋味，似乎等了一万年，安晨的电话终于打来了，我屏住呼吸，听他的电话："喂，湘湘，我回国了，你到江海工作我很高兴，给你带了礼物，明天给你送过去……喂！湘湘，你在听吗？"

不争气的眼泪直往下掉。

"湘湘，怎么了？"

"安晨哥哥，我在听，听到你的声音太高兴了，所以，所以……"

"不要所以了，我还有好多事要忙，明天见。"

"明天我请你吃晚饭，给你接风洗尘，到我家来吃，好吗？"我生怕他马上挂了电话，于是不顾眼泪掉下来，赶紧发出邀请。

"好的，拜拜！"

"拜拜！"

我等他的电话等得如此艰难，他却两句话就把我打发了，这是什么事啊！不过，他总算主动给我打电话了，我该高兴才对。我这个人就这点好，什么事都能自我安慰。

想到明天就可以见到久别的安晨，我激动得辗转难眠，怎么向他表明我的爱意呢？对我来说，这是一道难题，但再难也得解决，我想了 N 种方案，直到疲劳把我彻底打败，我才迷迷糊糊睡着。

第二天是周五，我提前一小时上班，把当天的工作抓紧做完，跟师傅于阳告了假，就提前下班了，我首先到新华书店买了菜谱，又到附近的惠利超市买了酒菜佐料，我要准备一桌色香味俱全的美味佳肴招待安晨哥哥。

时间还早，我要好好布置我的自在居，我把两盆姬金鱼草摆在客厅最显眼的位置，客人一进门就可以看到粉色的花开得正艳，把准备好的蜡烛插在烛台，餐桌上铺上粉红的桌布，桌上摆上两只高脚玻璃杯，一瓶朋友从法国给我带回的拉菲，连碗碟也出自著名瓷都景德镇，非常精致漂亮。

下午 5 点，我把所有的菜都洗好，切好，把所有的配料都准备好，就等着下锅了。我打电话给安晨，问他什么时候能到家，并把我住的地址发给他。他说六点钟可以赶到，我算好时间，像准备冲锋的战士，既充满胜利的渴望，又有些紧张，看看时间，下午五点半了，我给自己下令炒菜开始，经过一阵紧张忙乱的操作，我精心调制的五菜一汤终于做好：冬笋炒牛肉、海酱肉丝、红辣子鸡丁、回锅鱼片、腰果虾仁、猪肉丸子汤。

安晨向来守时，下午六点还差两分钟，他叩响了门铃，我打开门惊喜地看到，安晨比以前更加挺拔俊朗，并增添了成熟稳重的气质。我连忙把他让进屋。他把手里提着的一个纸袋递给我，说是给我的礼物，我忙不迭打开纸袋拿出礼物，一盒巧克力，一盒速溶咖啡，一套化妆品，包装都非常精致漂亮："都是我喜欢的礼物，谢谢哥哥！"他摇摇手："太远了不好带，只表示个意思。"说完他盯着我左看右看了好一会说："湘湘，你出落得更加漂亮可爱了。"听了他的夸赞，我比喝了蜜还甜，忙把红烛点燃，满屋顿时弥漫着浪漫的味道。

我拉着安晨到餐桌边坐下："你看，这都是我亲手做的，都是你喜欢吃的。"看着我的杰作，安晨很吃惊："你不是不会做饭吗？真的是你亲手做的？"

我自豪地说："只要愿意学，没有不会的。你尝尝，看合你口味吗？"

他拿起筷子，夹了一片牛肉品尝："嗯，很好吃！还是国内的菜好吃。"

"再尝尝其他的菜。"我把一个肉丸喂到他嘴里，他连说："不错！不错！"

我打开红酒，把两个杯子倒上酒："来，为哥哥接风洗尘，干了！"安晨却不急于喝酒，他拿过酒瓶看看标签："湘湘用这么好的酒招待哥哥？看来湘湘混得不错啊！"安晨看着我，笑得很真诚。

"嗨，一个朋友去法国出差给我带回来的，我不会喝酒，似乎喝什么酒都差不多的味道。"

安晨听我这么一说，也不多问。我端起酒杯与安晨碰杯，然后一饮而尽。

"不能这样喝，会醉的。"安晨哥哥永远能保持理智，他竟然只端起酒杯抿了一小口。

"不行，妹妹都干了，哪有哥哥不喝之理。"我不依不饶。

安晨无奈，只好喝了，但他强调，干了这一杯，后面喝酒随意。

"我敬了你，难道你不敬我一杯？"说完，我又把两个杯子倒上酒。

"好，我敬你，但只许你喝一小口。"

"好吧，我听你的。"

他端起酒杯与我碰杯，又是象征性地抿了一小口，看他那架势，这瓶红酒喝到天亮也喝不完。

既然他那么斯文，我也不能太粗野，何况我的酒量很小，于是也像他一样抿了一小口。

"哥哥这次国外学成归来要高升了吧？"这是我想了解的问题。

"高不高升这是组织上的事，我只要好好工作就行了。"

"那祝愿哥哥镀金回来尽快高升，我敬你。"

我把刚才杯中余下的酒干了："这一杯你一定要喝完，你升职是肯定的。"

"谁知道呢？当公务员要升职，由很多因素决定。"

"那你为什么要当公务员呢？在公司工作不是收入更高吗？"

"我父母希望我到政府部门端铁饭碗，他们认为我到政府部门工作就是当官，在公司工作就是打工，你知道我的，我不想让父母难过。"说完，他把酒干了。

"我知道，我当然知道，你向来孝顺，你做出这个选择毫不意外。"

"反正在哪里干都一样，只要认真做事，无愧于心就行了。"我完全相信安晨这话发自内心，他是那种干一行爱一行的人，无论干哪一行都会很出色。

这次，他主动拿起酒瓶把两杯酒倒上："我祝贺妹妹找到了好工作，我敬你。"说完，他喝了一小口。

"谢谢哥哥，我是紧跟哥哥的脚步才来到江海的。"我把酒喝完。

"你不能再喝了，否则就醉了。"

"人生难得几回醉，醉了有你照顾我才不怕呢。"说完，我又把酒倒上。

我喝点酒就脸红，其实也就是全身发热，并没有醉的感觉，但安晨说什么都不肯再喝了，把剩下的大半瓶酒盖上盖子，说下次再喝。我只好去装了两碗米饭，在他的坚持下，我只好乖乖听话。

吃完了饭，我端出两碟早已准备好的水果，准备边吃边说下一个话题。本来，我想喝得醉醺醺的时候说，无奈在安晨面前我只有听话的份，只好另找机会。

"哥哥，你有女朋友了吗？"我故作随意一问。

"我一直忙于工作学习，没有时间考虑别的问题。"

他没有正面回答，而我拉着他的手，来到摆着两盆姬金鱼草的花架前："哥哥，你认识这两盆花吗？"

"不认识，它们叫什么名字？"

"叫姬金鱼草，你看花开得好艳丽，这是我专门为你养的花。"

"为我养的花？为什么？"

"这种花的花语你知道吗？"

他摇摇头，表示不知道。我不知哪里来的勇气，竟脱口而出："'请觉察我的爱'，哥哥，我一直喜欢你。"

"我也喜欢你，但我是把你当亲妹妹喜欢的。"

他说这话时，没有任何迟疑，是下意识说出来的，这恰恰说明是真话，听到他轻描淡写的表白，我的心碎了，聪明如安晨，怎么能不知道我的良苦用心？但他就是那么理性，而且话说得很清楚，他是把我当亲妹妹喜欢的，他并不爱我。

我强作镇静："我们不是一直亲如兄妹吗？"

他顺水推舟："是啊，我会永远把你当亲妹妹的。"

后面他还说了什么，我就记不清了，反正我的头脑像短路一样，一片空白。后来，安晨说还有事要忙，他先回去了，我高一脚低一脚送他到门口，他让我回去好好休息，我关上门，扑到床上放声大哭。

我一直暗恋的安晨居然拒绝了我，我用尽心思追求的安晨并不爱我，其实我早就该清醒的，他出国这么久都不给我打电话，这已经足以说明问题，可女人一旦爱着就总是那么低智商，总是一而再再而三地为他找理由，结果是自欺欺人。

不知哭了多久，我的眼泪估计哭干了，也哭累了，于是止住哭，拿出剩下的半瓶红酒一口气喝干。我本来不胜酒力，又伤心难过，很快就头重脚轻，一头栽倒在沙发上，不记得吐了几次，那种吐出来的酒味，像针一样刺痛我的神经，我感觉全身都刺骨的痛。手机似乎一直在响，我想去接，手脚却像灌了铅无力动弹，其实手机就放在茶几上，伸手可及，但我抬不起手去拿手机，我知道我根本没有力气接电话。等酒醒了些，感觉头痛欲裂，我爬上床蒙头大睡起来。醒来的时候，已经是第二天中午时分，胃里揪心的难受，很饿，但不想吃东西，想起床，又浑身没劲，于是继续蒙头睡。

我其实睡得很不踏实，感觉昏昏沉沉、迷迷糊糊，因为全身不适，胸闷、头痛、饥饿折磨着我，整个身体像被掏空一样绵软无力，我甚至想到我会不会就这样无声无息地死去，在我极端绝望的时候，突然听到了猛烈的敲门声。原来是庄蝶姐姐来了，她看到我吓了一跳："你怎么变成这个样子？"我没有回答她的问题，反问她："姐姐怎么来了？"她说："岳林打你 N 个电话你都不接，他很着急，竟然找到我这里来了。"

"他怎么知道你的电话？我并没有告诉他呀！"我奇怪地问。

"他说有急事出差了，因为来不及去与你告别，就打你电话，一直打不通就把电话打到你单位找你，可周末没人上班，他就打 114 找到了你单位的值班电话，七转八拐找到了你师傅于阳，想通过于阳找你，但也没有结果，后来于阳了解到你在江海最好的朋友就是我，所以只好把电话打到我这里找人，我打你电话你也不接，担心你有什么事，我只好跑来你家找你。"

我听庄蝶姐姐说得头都大了，连说："哦，对不起，我喝多了，睡得很死，没听见。"拿起电话一看，39 个未接来电，除了于阳打来的 7 个电话，有老妈连拨的 11 个电话，打来电话最多的是岳林，他打来了 15 个，其余就是庄蝶的电话。我第一个给老妈回话，好让她放心，老妈接到我的电话，连说打不通我的电话都快急疯了，我说今天出门忘记带手机，以后一定会注意的，不会再让爸妈担心。老妈虽然嘴里少不得又是对我一通数落，但语气里透着欢喜，像石头落了地一样释然。接着我又给师傅于阳回了电话，理由也是说出门忘记带手机，然后是道歉。最后给岳林回了电话，听到我的声音，他长舒了一口气，说谢天谢地，总算放心了。他还说如果我再不回电话他就要报警了，听他说得那么情真意切，我突然有些感动。

"现在感觉怎么样？"庄蝶姐姐关心地问。

"没事了，就是有点饿。"确实，一天没吃东西了，昨天能吐的都吐了，差点把胃都翻出来了，现在起来，感觉特别想吃东西。

"你想吃什么，我去给你买来。"

"我有方便面，吃碗方便面就好了。"

"看你这脸色，怕是病了，我陪你去医院看看吧。"

"不用，时间会医好我的病。"

庄蝶姐姐听我话里有话，知道我一定受了极大刺激，她一边给我烧水泡面，一边不停地追问缘由，我只好如实相告。

我以为庄蝶姐姐听了我的告白一定为我打抱不平，谁知她轻描淡写地说："这不是坏事，你想做的事，你做了，你用心了，你努力了，知道了结果，就无怨无悔……你对一个人就算再留恋，如果抓不住就要适时放手，不放手，对双方都是一种伤害……情绪是可以控制的，能控制不良情绪，其内心的强大不亚于攻城略地……"

庄蝶一口气说了很多道理，但句句触动我的心底，真是一语惊醒梦中人，是的，从小到大安晨就是我的哥哥。朦胧中，我幻想成为他的女朋友，但即使是幻想，我也用心求证过，我得到了答案，努力就没有白费。这样一想，我像费尽心力解了一道最让我头疼的数学难题那么轻松。

在情爱上，我知道我要的是两情相悦，既然安晨把我当妹妹，我凭空多了一个好哥哥，没有理由难过，我该高兴才是，于是，我告诫自己不再纠结难过。庄蝶姐姐见我想开了，也就放心了。

8

宽容

半年的试用期终于快要结束了，我在三个见习记者中，发表文章数量位居第二，我发表各类文章21篇，涂刚发表23篇，陶涛发了19篇。不知我们能不能顺利转正？如同一场决定命运的考试结束后，我们三个焦急地等待发榜。

结果终于出来了，杨杰亲自召集周刊记者部记者开会，出人意料地，她第一个宣布转正的人竟然是我，其次是涂刚，最后是陶涛。事后我问师傅于阳，为什么发表文章最多的涂刚没有在转正榜第一的位置，于阳说："发表文章不是只看数量，还要看分量，你虽然发表篇数没有涂刚多，但你发了头版头条，而他们没有，这就是你位居转正榜首的原因。"

我又一次相信了运气，如果不是我运气好，怎么会去送沈洋呢？又怎么会遇到东源电器公司砸毁电器的举动呢？涂刚和陶涛的确很优秀，他们毕业的学校比我响，基本功比我好，为什么我的成绩比他们好？谈到这个问题，涂刚和陶涛总也想不通，涂刚很有才华，他向来有些自负，所以对屈居转正榜第二很不服气，陶涛看涂刚心里有气，不但不安慰，还故意点火，说这纯粹是杨杰主编偏心。下午下班时，我看到一堆人围着涂刚站在办公大楼门口，他们七嘴八舌议论着，但是，当我走近这群人的时候，他们的谈话戛然而止，不过，我清楚地听到，背对着我的涂刚还在对我进行恶毒的攻击，涂刚注意到他的听众不再作声了，于是把头转向我走来的方向，结果，我看到涂刚极不友好的表情。

我心里很难过，晚上，我来到"品蝶"找庄蝶姐姐，我把自己顺利转正以及两位同事对我的态度详细告诉了庄蝶，庄蝶非常高兴，连说了三个"祝贺！"随后她千叮万嘱："转了正，是你职业生涯的开始，以后的路很漫长，你一定要处理好与同事的关系，不管他们怎么对你，你一定不要太计较，要宽容待人，你拿出一颗诚心对他们，他们最终会理解你甚至帮助你的，如果你记恨他们，不但你自己不好过，也势必影响到工作，得不偿失，记住，以德报怨是最佳人情投资。"庄蝶姐姐还一再告诫我，年轻人一定要舍得付出，乐于吃苦，尽力帮助他人，这样的人才受欢迎，这也是在职场上无往不胜的法宝。如果小肚鸡肠，自以为是，只能害人害己。说完，她从书架上拿出几本书给我，一本《职场正能量》，一本《情商决定人生》还有《了凡四训》。

"这几本书包含了非常了不起的人生智慧，你如果能认真看完这几本书，并能照书里说的去做，那你不但会处理好与同事的关系，你也会成为一个非常幸运的人。"

"是吗？那我一定好好把这几本书读完。"我欢欢喜喜拿着书离开了"品蝶"，正是周末，我可以安安心心把这几本书好好读读。回到家，不知先看哪本书，就把每本书的目录先浏览了一下。我决定这两天把这几本书看完，好在这几本书很通俗。《职场正能量》是一本随身读式的小册子，通过成功人士写给年轻人的十八堂职场经营课，旨在传递一种正能量，教导年轻人该如何把握职场心态，让年轻人在学习技能、提升能力的同时，有更为清晰的职业规划，更宏观的职场意识，最终取得不俗的成绩，获得更为成功的精彩人生。

而《情商决定人生》则通过摆事实讲道理，阐明情商比智商更重要，书的内容有很多独特的观点，如情商与人的各方面息息相关，是影响人一生快乐成功与否的关键，一个人的成功20%来自智商，而80%则是取决于他的情商，书中这样描述：无论你有多出色，智商多高，如果没有情商相伴，没有良好的人际关系，你会发现，做什么事情都会很难。一个人若是缺少了情商，纵使自己的智商再高，也好像是羽翼被折的雄鹰，无论如何努力，却总是很难飞起来。而情商高的人，在人生各个领域占尽优势，无论是在职场、情场，还是在主宰个人命运等方面，其成功的机会都比较大。

《了凡四训》是一本修身立德类教育书籍，作者是一个明朝官员，这是他六十九岁时写的一篇训子文，他以自己的亲身经历讲述了改变命运的过程。袁了凡这本教育儿子积善改过的训诫书虽然篇幅不长，但是内涵深刻，兼容儒释道三家思想和真善美中华文化，为各界人士欣然传诵，成了一本流传千古、脍炙人口的励志书。书中说，他先是被一个算命先生把他一生的命运全算出来，算命先生掐指一算，说他命中无子，甚至连他官能当多大，钱能赚多少，阳寿有多长都算得清清楚楚。当算命先生算的事情大多都应验后，袁了凡相信了命运天定，他心灰意冷，无欲无求，打算听从命运的安排了却一生。不料，后来他又遇到一位高僧，告诉他，如果持之以恒行善积德就可以改变命运，高僧说得头头是道，他便相信了高僧的话，并照着去做了，结果，他不但生了儿子，而且官当得比命里说的高了许多，钱也赚得比命里说的多了许多，更重要的是，他活得比命里说的长寿了许多。

总之，这几本书其实说的都是做人的道理。

庄蝶姐姐真是个好人，为了帮助我这个八竿子打不着的妹妹，她可谓用心良苦，我真的很感动。

新的一天开始了，这是我转正后第一天上班，我提前30分钟来到单位，看到乱糟糟的办公室，我一个人打扫卫生，把我们部门收拾得干净整洁。

等同事们来上班，看到焕然一新的办公室，大家都很惊讶，杨杰看到我忙得满脸通红，知道是我干的，她对我笑笑，看得出她很满意，于阳拍拍我的肩，点点头，对我表示赞赏，其他同事也友好地对我微笑。涂刚和陶涛虽然没说什么，但貌似对我的态度也比先前要好。嗨，我只付出了这点劳动，就得到了同事的好感，我开心极了。

晚上，我以庆祝我们转正为由，请涂刚和陶涛一起聚聚，同时，把我的师傅于阳也叫上，来到同心街的"欣康"中西餐厅，找了四人坐的席位，点了菜和酒，我们边吃边聊。平时话不多的涂刚两杯酒下肚后，也成了话痨，他对陶涛说："今天湘楚请我们喝酒，够义气，来，我们敬她。"陶涛本来就健谈，听涂刚这么一说，立刻表示赞同："我们先干为敬。"我本对喝酒不感兴趣，又吃过醉酒的亏，打算以饮料代酒，可陶涛话刚落音，他们俩就把酒一口干了，我不好推辞，只好硬着头皮把酒倒进嘴里。于阳到底是我的师傅，在他们两个大男人继续敬我时，他站了出来："湘楚不善喝酒，她的酒由我代喝，给不给面子？"这一招很灵，他们俩笑于阳是"护花使者"，于是他们三个男人你来我往、推杯换盏喝得昏天黑地，我只需要为他们倒酒倒茶，或者递上餐巾纸什么的。不用喝酒所以很轻松。

三打啤酒告罄的时候，他们三个已显醉态，涂刚突然指着我说："湘楚你……一个娘们……居然抢了我的……风头，算你狠，以后，我决不会落你……后边，你信不信？"看他说得语无伦次，但属于酒后吐真言，他那么清高的人，能把话说出来总比闷在心里强。我连忙谦虚地说："我是运气好罢了，我哪里是你的对手？以后还要仰仗你多多帮助呢？"涂刚嘿嘿一笑，看来这话他很受用。陶涛圆滑多了："湘楚人好，师傅也好，能拔头筹理所当然。"于阳向前伸出双手，掌心向下，意思是请大家安静，他有话说："你们不要为了转正排名纠缠不清，这不算什么，以后看谁发稿多收入高升职快才是硬道理，我在这里说明白，在我们报社，看的是真本事，没有什么人情面子一说，我相信你们不会计较一时的得失，要看长远！"他一席话说到了大家的心里。一时间，大家安静下来。

天下没有不散的筵席，大家吃饱喝足后，我和两位同事间的隔阂貌似消除了，我也放下心来。

此后，我感觉涂刚和陶涛看我的眼神没那么复杂了。我很感激庄蝶，正如庄蝶所说，我宽容了对我有误解的人，其实很开心。如果我也小肚鸡肠和他们计较，不但浪费时间和青春，也影响自己的情绪和身心健康，多不划算啊。我明白了，平时多帮助别人，多付出，只是举手之劳而已，何况与人方便，自己也方便，何乐而不为呢？

我尝到了宽容、付出和帮助带给自己的快乐，我更时时处处留心为他人着想，我每天提前 30 分钟来办公室打扫卫生；中午出去就餐时，看到有同事忙着加班，我会主动为他们打来盒饭；同事经济上有困难，我会主动解囊相助；有来办公室送水送快递的人，我会起身倒一杯水送到他们手上，并说一声辛苦了；同事一起出去聚餐，我会提前偷偷把账结了；有电话打来，我接电话时总会带着微笑，礼貌而耐心地听电话；部门组织活动，我都会积极参加，无论是做义工还是捐款；如果有空，我会买点零食给夜班编辑送去，并主动为他们做点力所能及的事；涂刚和陶涛不会做饭，天天到外面吃盒饭，只要有机会，我会请他们到我的自在居小聚，炒几个小菜给他们改善伙食。

我做这一切，尽量低调不张扬，我在努力工作的同时，诚诚恳恳做人，不为别的，就为自己开心。

这样坚持了一段时间，我感觉做什么都顺风顺水。我手头不再缺选题，编辑们有好的选题都会主动告诉我，很多独家新闻我也能顺利采访到，而且采访对象也很支持配合，我的文字也越来越丰富成熟，发稿率自然越来越高。

执着

我转正的消息告知岳林后，他非常高兴，说要为我庆祝，他在离我们报社更近的智慧街租了一套三居室的房子，并交付了一年的房租，一定要我搬过去。

"你为什么不征求我的意见擅自给我租房子？是不是太武断了？"

"不是，你现在住的地方太偏僻，一个女孩子家住那么偏僻的地方不安全，这里离报社近，你平时加班回家也近些，这房子也叫'自在居'，而且家具齐全，房租也不贵，何况，你转正是好事，我作为朋友为你做点事也是理所应当的，于是我就自作主张了，请你不要见外。"岳林一脸诚恳，生怕我拒绝。

看岳林把房租都交了，加上这套房子的确比我先前租的房子性价比更高，于是我同意搬家："那好吧，不过，房租我自己出。"

"就算是我对你顺利转正的祝福不行吗？以后我和你的朋友们到你这里聚会也宽敞些。"

"不行，如果你出房租我就不搬家，就这么定了。"

"好吧，听你的。"岳林拗不过我，只好把租房合同给我，我把租金交给他，他无可奈何地看着我笑笑，就帮我把家搬了。

下半年是家电销售旺季，岳林要到肃州去开拓市场，临走，他送了一台微波炉给我。我不想欠他的人情，也买了一件毛衣，一条围巾送给他。

尽管依依不舍，但他还是义无反顾地离开了江海，去到了一个陌生的城市肃州阜城开拓市场。他说他在阜城的经历，会用微信发给我。

岳林到了阜城，果然第三天就发来了微信，他告诉我，在阜城，他们公司生产的微波炉在几家小商店销售，上面竟然布满了灰尘，显然他们的产品销售惨淡，即使产品价格一降再降也无人问津。

看来，岳林肩上的担子很重，他要打开阜城市场，不下一番真功夫显然不行。

随后十几天，岳林没有任何消息，这天晚上，我闲来无事打了他的电话，电话很快接通，却没有人接，我继续打，连打了三次，还是无人接听。难道他遇到什么麻烦了？

我担心岳林，无法入睡，就一直等岳林回电话，直到凌晨一点，岳林才回了一条短信："湘湘，对不起，因为做市场调查，和客户喝酒喝到很晚，手机放车上了。不忍打扰你的好梦，只好发条短信，祝你好梦！"

我马上回电话："我在等你的消息，还没有睡，你以后不要这么玩命，身体会垮的。"

他很吃惊："你这个时候不睡明天怎么上班？我没事，你快睡吧。"

"好的，你也休息吧。"

此后他隔三差五打电话或发微信说说工作的进展，顺便问好一下。

时间过得很快，转眼过去了五个月，这天岳林兴奋地打来电话，说终于找到打开阜城市场的钥匙了，我问是什么钥匙，他让我看他的微信。

原来，他和他的团队用最快的速度做好了市场调查，了解到兴业公司是当地最大的家电零售商，他们想，只要兴业公司能销售他们的电器，就不愁打不开当地市场。

此后，岳林要做的，就是想办法见到兴业公司的老总葛雪东，跟他谈妥销售事宜。

可事情没有岳林想的那么简单，他第一次去见葛雪东被告知不在，第二次去求见又说刚离开，岳林毫不气馁，第三次去到兴业公司，葛雪东终于被他的诚心所感动，接见了他，但葛总说只跟他谈五分钟，岳林简明扼要谈了东源公司的产品，希望与他们兴业合作，但葛雪东似乎对东源公司的产品毫无兴趣，他看看表，对岳林说："五分钟时间已到，我还有事，马上要去开会。"岳林见葛雪东已经站起来要走，只好跟着葛雪东一起出来，他边走边和葛雪东交谈，但葛总拒绝了他的请求，葛总认为，东源的产品没有名气，根本上不了兴业的台面。葛雪东说得很明白，他们兴业销售的电器都是全国甚至全世界的著名品牌，而东源电器在肃州几乎无人知晓。岳林认真听取葛总的意见，说可以保证东源电器的质量。

随后，岳林把东源产品从几家小商店取回，并在当地户外媒体打广告，想以此塑造东源崭新的形象。

做完了这一切，岳林再次来到兴业公司，可还是听到一大堆意见，说东源在阜城降价销售形象太差，东源的售后服务没有网络，销售后出了问题会很麻烦。听了这些意见，岳林立即取消东源电器的降价销售，并着手成立东源电器售后服务网络。另外，经过精心策划，他们在当地媒体立体化投放东源广告，并承诺产品五年无偿保修，平时提供 24 小时服务。

即使做到这样，兴业公司还是拒绝销售东源电器，岳林是个执着的人，他认准的事，即使屡战屡败，他也绝不放弃，他知道做销售不能因为有阻碍而放弃。葛雪东见岳林很难缠，就吩咐秘书，只要岳林来访，一律说他不在。葛雪东担心，上了东源这家小公司的产品，在市民眼里兴业就成了杂牌店，日后怕影响他们做名牌产品的声誉。岳林几次碰壁后，并不气馁，他干脆每天大清早就等在葛雪东所在公司门口，他想，只要葛总还来上班，就不愁见不到他。

但一连等了三个早晨，岳林都没有见到葛雪东来上班，他只好去找公司秘书打听，原来是葛总不愿见他，看到他清早等在公司大楼门口，就叫司机把车开到后门，他宁可绕道后门上办公室，也不肯见他。这个秘书叫岳林知难而退。岳林了解这一情况后，并不死心，他从前门等葛总改为到后门去等。

这让葛雪东既感动又无可奈何，他只好主动召见了岳林，一见面就抱怨岳林死缠烂打，搞得他不得安宁。但岳林始终面带微笑，等葛总发完牢骚，他便凭着三寸不烂之舌说服葛总："我几次三番来打扰你，一方面是为了推销我们的产品；但另一方面也是为你们公司的利益着想，我们做生意讲究双赢，我们的产品在江海销售很好，很得消费者喜爱，我们的产品价廉物美，诚信至上，咱们兴业最讲究品牌，我认为品牌的根本核心就是诚信，而我们公司对客户需求有宗教般的虔诚，我承诺，如果我们的产品在兴业销售不好，我再也不会打扰你，如果销售得好，那么你们也有赚头，希望葛总给我们一个机会，也给兴业一个机会，试一试才知道我们合作是否双赢。"

经不住岳林一番诚恳的说词，葛总终于答应试销两台，不过，条件是，如果一周之内卖不出去，就请搬走。

岳林松了一口气，痛快地答应了葛总的条件。他和他的团队经过充分准备，设计好了东源电器宣传卡，这张宣传卡从电器特点到使用说明到售后服务都用图文标示，简单明了，妇孺都能一看就明白，更重要的是他们承诺，如果顾客买了东源的电器，只要不满意可以无条件退货。宣传册完美诠释东源诚信经营、品质消费的新理念。然后，他们选择在阜城最繁华的向阳路和兴业商店门口散发。岳林知道，如果这两台电器一周之内卖不出去，这次营销就前功尽弃，所以，他必须把宣传工作做到家。

功夫不负有心人，也许是宣传工作深入人心，也许是东源电器无条件退货的承诺显示出的自信让人放心，东源电器上架的当天上午，两台电器就卖了出去，兴业决定追加 10 台，没想到这 10 台电器也在一周之内售罄，至此，东源电器终于挤进了兴业这家阜城地区信誉最好，规模最大的电器零售商。

时近年末，正是电器的销售旺季，短短两个月，东源微波炉竟然卖出了500余台，就这样，东源和兴业从中获得了双赢。有了兴业公司的成功销售，阜城的50多家电器销售商都对东源微波炉青睐有加，阜城的销售市场终于打开。

我问岳林接下来有什么打算，他说："阜城交给我的得力干将石伟打理，我要回江海追你。"

"追我？这要看你能否接受我的考验。"我半开玩笑说。

"你还要考验我多久？"

"至少一年。"

"好，别说一年，十年都行，我接受你的任何考验。"

按原来的计划，岳林到肃州开拓市场，至少要一年的时间，可他只用了不到半年就完成了任务，回到了江海，为了给他接风，我到"欣康"中西餐厅订了一个包间请他吃晚饭。

时隔半年，我见岳林黑了瘦了，这段时间，他真的太辛苦了。但见到我时，他依然是意气风发，他拿出一条颜色鲜艳、做工精美的纯手工如意手链给我戴上，说是从阜城最有名的手工作坊左挑右选给我带来的小礼物，希望我千万不要拒绝。看他诚恳的样子，又确实不算是名贵的礼物，我就收下了。

我们相对而坐，我拿起早准备好的葡萄酒，他接过酒瓶打开，把两个玻璃杯倒上，我端起酒杯和他碰杯："祝贺你开拓市场成功归来，干！"

"谢谢你为我接风，我很高兴，干杯！"说完他一饮而尽。

几个回合下来，两瓶红酒已经喝完，岳林似乎还没有尽兴，既然是我请客，又确实值得庆贺，我也不管不顾叫服务生再拿酒来，一来二去三瓶酒不知不觉已经喝干，我头开始晕，脸热热的，朦胧中感觉他走过来把我揽在怀里，我全身酥软，似乎没有拒绝的力气，我明白我醉了，但我知道我是清醒的，第一次，我任凭一个男子拥抱我，是我把岳林当作安晨，还是我从心底接受岳林，我自己也搞不清楚界限，迷糊中，只听到他轻轻唤着我的名字，"湘湘，我爱你！"

等我醒来时，天已经亮了，我发现我和衣躺在自己的床上，岳林趴在我的床沿睡着了，我赶忙摇醒他，问他这是怎么一回事，他说："你昨晚喝醉了，是我叫了出租车送我们回来的，我担心你有事，也不敢回去，于是就这样了。"

"难道你没有醉？"

"我有点醉，但不会像你那么醉得一塌糊涂。"

"你就趴在床沿睡了一晚上？"我有些疑惑。

"是啊，我本来是想看着你睡的，你睡着的样子太可爱了，可是，后来我也竟然睡着了。"

孝顺

连我自己都感到吃惊，我和岳林的恋情发展得如此神速，我承认，岳林是除安晨以外我最喜欢的男人，所以我默认了他的追求，我知道是因为安晨，但随着时间的推移，安晨在我心中的形象似乎变得越来越模糊。开始时我把岳林当作安晨的替代品，但相处久了，我才发现，我和安晨只有兄妹之情，并无情爱之意，我爱的是岳林，安晨其实是我心中曾经的一个梦。

一方面，在报社，我的工作越来越顺手，很多重大题材，杨杰都安排我去做，就像是她有意在锻炼我，培养我，而我也算争气，每次采访都能把任务完成得很出色。另一方面，我的工资加奖金加稿费一个月比一个月高，刚转正的那个月，我拿到 4800 元，半年后，我的收入已经超过了 1 万，随后每个月都有增加。在收入不断上涨的同时，我的自信心也不断增强。

这天是周五，杨杰接待了一个老妇人的来访，老妇人 78 岁，身患多种疾病，但她的一双儿女都不愿管她，让这位失去劳动能力的母亲一个人孤独地住在茅屋里饱受饥寒疾病之苦，不得不求助媒体为自己维权。这事引起了杨杰心灵极大的震动。在周一的选题会上，她提议新的一年要开辟一个新栏目叫"读经典，传孝道"，以"人世间最不能等待的事情是孝敬父母"为主题，刊登身边孝心故事。她说："现在很多年轻人不懂得孝顺，自私自利，把父母当作摇钱树，只知伸手向父母索取，父母老了却不懂得知恩图报。"大家对杨杰的提议纷纷表示附和。杨杰继续说："百善孝为先，孝道作为中华民族传统美德已经有几千年历史，赡养孝敬父母，不仅是一种道德行为，也是必须遵守的法律规定。孝道是一个人善心、爱心和良心的综合体现，孝敬父母，尊重长辈是做人的本分，是各种品德形成的前提。"她停顿了一下，喝了一口茶继续说："在漫长的历史长河中，中华民族在养老、敬老方面曾经涌现过许多千古流传、感天动地的故事，这些故事影响了无数人。其实这样的故事一直绵延着，而新的时代，赋予了新的内涵，我们有责任传扬出去。"

于阳接过话茬："这个选题一定广受关注，人生短短几十载，能和生我们养我们、疼我们爱我们的父母一起度过的时光其实很有限，我亲眼见过自己的一位朋友挣了一大笔钱后，准备孝敬父母时，却见到了母亲的灵柩。那悲痛，是一种迷茫、一种懊悔、一种子欲养而亲不待的悲凉。"

也许是于阳说得过于沉重，大家都沉默了。杨杰打破沉默，她指定于阳和我为这个栏目供稿，她说："通过科学弘扬、正确引导，孝道文化可派生出许多健康的社会规则，家庭有孝，尊老爱幼，其情融融；社会有孝，互相尊重，更加和谐。"

接受这个任务后，我不敢怠慢，赶紧找于阳商量从哪里着手，经验丰富的于阳让我找出本报通讯员名单，给每个通讯员发信息，让他们提供孝老爱亲故事线索，于阳不愧是我的师傅，这一招果然灵验，信息发出去没几天，我和于阳的电话就没有断过，提供孝老爱亲故事的信息应接不暇，我们从中筛选具有代表性的典型进行深入采访，如自强不息的女大学生刘超颖，背起多病的母亲求学；朴实厚道的孝女李华文，一人养五老，无私奉献；身残志坚的余雪莲，在轮椅上替父母挑起家庭重担；大爱无疆的吴淑贤，出资办起村福利院，悉心照顾50多位孤寡老人……

采访了几十位孝老爱亲的模范人物，同时也接触了不少不肖子孙，我发现了一个规律：孝顺的人往往很发达，生活得也很快乐很充实，家庭氛围真诚友善，充满了浓浓的亲情，而不孝的人往往都很穷，不但是物质方面穷，精神方面更穷。我深深体会到，"孝"是衡量一个人是否忘恩负义，是否为人厚道，是否与他人有福同享的一个标准，我曾采访过一个非常成功的企业家，他说："我结交朋友的一个标准就看这人是否对父母孝顺，如果一个人对生养自己的父母都不好，就不可能对其他人好，这种人太过自私无情，不会有人愿意真心实意帮他，所以这种人永远发达不起来。"说到孝顺这个话题，这个企业家似乎格外有感触，他说，每个人都希望自己运气好，有福气，其实，人的福气就像储蓄，是靠自己一点一滴积攒的，而据他体会，人增福最快的方法就是孝顺父母。说这话时他神情格外庄重。

比起那些孝老爱亲的先进典型，我也感到自己在孝顺父母方面做得很不够，比如我总嫌老妈太啰嗦，听电话时把电话举过头顶或放在一边，对老妈苦口婆心的教导置若罔闻，参加工作自己有了收入，没有好好孝敬父母，总觉得父母不缺钱，总以忙为借口，很少主动打电话问好父母，更没有挤时间去看看父母，每次打电话，多是父母主动打过来，想到这里，我无比惭愧。

这天交了稿，我直奔附近的建设银行，开通了网上银行，可以在网上转账，我转了两万元给老妈，我又去电脑城买了一台电脑寄给父母。我还决定从下个月起，无论我赚多少，不管父母是否需要，我一定把我收入的30%孝敬父母；每天主动给父母打一个电话，问候他们；还要挤时间回去看看父母。我要让我的父母知道，他们没有白养我这个女儿，我要让他们知道，他们的这个女儿很孝顺很优秀。

改过

这天下午，我正在家赶写一篇稿子，突然接到一个陌生的电话："喂！你是林湘楚吗？你在哪里？"

对方是个男子的声音，我以为是读者打来的电话："你好，有什么需要我帮忙的吗？"对方回答："我是博通快递公司的小李，有你的包裹。"

"哦，是小李，哪里寄来的包裹？"

"广州寄来的，我把包裹送到哪里？"

"我在智慧街57号，门牌号下面有块牌子写着'自在居'的就是我家。"

"好，我半小时送到，麻烦你到时出来取。"

我答应着小李，脑子里搜寻着是谁从广州给我寄来包裹？但我实在想不出来，我没有什么亲人或朋友在广州啊！难道是在那边工作的大学同学给我寄好吃的？我胡乱猜测了好一阵，却理不出个头绪，因为在广州工作的同学虽然有三个，但我跟他们不是走得近的好朋友，平时联系也很少，应该不会给我寄包裹，即使他们要寄什么东西给我，也会事先打个电话吧。

我正纳闷，小李的电话又打来了："喂，我到你家门口了，请你来取包裹。"

"好。"

我在小李递过来的回单上签了字，把包裹拎回家，就忙着拆开包装，我想看看里面到底是什么东西。打开一看，我顿时惊呆了，这是我来江海时在动车上丢失的皮箱，打开皮箱，最上面放着一封信，信封没有署名，我翻翻皮箱，里面的东西一件也不少，包括现金、银行卡都在。难道是哪个旅客拿错了我的皮箱，发现不是自己的就原封不动给我寄来了？

答案肯定在信封里，我于是抽出一沓信纸坐下来仔细阅读。

信是用圆珠笔写的，信纸用的是小学生写作文用的方格纸，字写得歪歪扭扭，但格式正确，而且没有一处涂改，显然是打好草稿后认真抄写的，信的称呼写的是"湘楚姐姐你好！"正文写了11页，落款人是陈阿妹，落款日期是12月6日。

信里写道："我是黔州山区一个农民的女儿，初中没毕业就出来打工，但由于我年纪小、文化低，混了几年也没有找到一份合适的工作，只是帮人家打打杂，也没有赚到什么钱，仅仅是混个温饱而已。后来我在大街上遇到一个叫石根的同村大哥，在这个陌生的城市遇到老乡，别提有多高兴了，石根大哥见到我也很高兴，说要带我去发大财，后来我才知道，他所说的发大财其实就是去当小偷，石根有个同伙叫阿财，加上我一共三个，在车站大厅或者动车上，趁人不注意，就把人家的箱子包裹偷走，我开始不肯干这种伤天害理的事，但石根大哥说我已经入了伙，不干也得干。我当时害怕，又没有别的办法，就跟着他们当起了小偷。

"在动车上，在车站候车大厅，很多年轻人爱玩手机，有的人打瞌睡，有的人看杂志，我们偷这些人的包裹很容易得手。我们三个人分工很明确，我负责望风，石根负责偷窃，阿财开一辆租来的车在外面等着，等偷窃成功，我们就开车离开，然后分赃。我跟石根他们干了一多年，他们其实没有给我分值钱的东西，只是每次偷窃得手后带我去下馆子吃一顿好吃的。后来，石根和阿财赌博输了很多钱，就起了去抢金店的念头，我那时正好闹痢疾，人病得不行，他们才放过我，把我丢下不管，他们两个去抢金店，后来他们因抢劫罪被抓了进去。

"我病好后没地方可去，就继续到动车和车站去偷包裹，虽然是我一个人干，但我几乎次次得手，我越干胆越大，越干越有经验，我提着偷来的包裹下车会像提着自己的东西一样，一点也不惊慌，别人也看不出来。今年6月27日，我满车厢搜索，发现你玩手机玩得对周围的一切都不在意，就拿了你的皮箱在半道下了车，这是我第9次偷窃成功。我翻看你的书籍，在一个笔记本上得知了你的名字、你的毕业学校和你的出生年月，你比我大两岁，所以我称呼你姐姐。

"我为什么要把箱子还给你呢？这要感谢我的姐姐陈秋莲，是她把我从一个小偷变成了一个幸福的人。那次，我在高铁站候车大厅，看到陈秋莲一直在看手机，我就去偷她的包裹，却被她发现了，我想这下完了，当时心里非常害怕。万万没有想到，她竟然没有怪罪我，而是拉着我的手，让我在她身边坐下，轻言细语问我为什么年纪轻轻做小偷，她看上去非常漂亮，特别是非常和善，对我就像自己的亲人，我出门在外颠沛流离这么久，干着见不得人的勾当，被人发现不但没有受到打骂，还得到这么真诚温暖的关怀，我忍不住哭了，陈姐姐拿出纸巾帮我擦眼泪，于是就把自己的遭遇统统告诉了她。她真是个好人，她不嫌弃我是小偷，说我们都姓陈，要我叫她姐姐，以后不要做小偷小摸的事了，跟着她去做正经事。

"我本来也不想当小偷，这是见不得人的事，看到陈姐姐愿意把我当亲人，我当然乐意跟她走。姐姐带我到杭州去参加了一个表彰大会，然后送我去培训班学习，培训班里的气氛友善平等，次序井然，人人都谦恭有礼，大家都争着当义工，做好事，以帮助他人为荣，我从来没有感受这么亲切友好的氛围，整个人都舒服透了，一种从未有过的幸福感在我全身涌动。

"培训班里的老师也很和善，课讲得非常好，人人都能听懂，讲课的内容都是中国传统美德，讲课的主题叫做'幸福人生'，比如作为儿女如何孝顺父母，作为夫妻如何互相尊重和谐相处，作为朋友如何互相帮助友好相处，总之就是让大家做一个好人，做一个幸福的人。

"课堂上，老师和学生之间一直在互动，学生有任何问题，都可以在课堂上提问，比如夫妻不和，婆媳不和，事业不顺等都可以在课堂上说出来，既可以老师帮助解答，也可以其他学员帮助解答。

"培训完了以后，我才知道陈姐姐是一家健康产业集团公司的领导，她对我说，要做好事业，首先就要学会做人。她希望我通过学习培训，懂得做人的道理，再带我到她公司上班。

"我懂了，我要做个像陈姐姐一样的人，首先要改过，把以前做的见不得人的事统统纠正。在陈姐姐帮助下，我根据我偷来的包裹里的信息找到丢失包裹的人，然后把包裹给他们寄回去，有些弄坏了的东西，我照原样补上，我用了的钱，也如数补上，现在，我把我偷的 11 个包裹有 8 个已经寄给了本人，还有三个包裹因为实在找不到失主，暂时存放在姐姐家里，我准备把包裹送到我偷窃所在地的铁路派出所，让他们帮忙寻找，我愿意接受任何法律惩罚，更愿意从此以后做一个助人为乐的好人。"

信的最后，陈阿妹接连写了三个"对不起"，并请求我的原谅，她希望我给她改过的机会，也衷心祝福我幸福。

看完陈阿妹写来的信，我的心久久不能平静，一股强大的正能量，把一个误入歧途的女孩变成了一个好人，这是多大的功德啊！

我突然有个想法，我要把这件事报道出来，让更多的"陈阿妹"改过自新。

我把这个想法向杨杰汇报，她果然认同我的想法，她让我更深入了解陈阿妹的现状，选好角度，力求把报道做得生动感人。

12

友善

　　转眼就要过春节了，我们周刊部放假 7 天，从腊月 28 日到次年正月初四。26 日那天，我正忙着赶写今年最后一期要上的一篇稿子，老妈打来电话："喂，湘湘，听安阿姨说，安晨腊月 28 日回家过年，你什么时候放假？能不能和安晨哥哥一起回来？"我告诉老妈，我要 29 日才能回家，因为我和朋友约定，28 日和义工协会的同仁一起去敬老院看望孤寡老人。老妈虽然希望女儿早点回家过年，但听说我要去做好事，她也很赞同。

　　腊月 27 日晚上，安晨打来电话："喂，湘妹，你们放假了吗？"

　　"我们 28 日开始放假。"

　　"那我们明天一起回家吧！"他说得很诚恳。

　　"你先回吧，我还有事要忙，我要后天才回。"我说得很客气。

　　安晨是以事业为重的主，听说我有事，他并不勉强我和他一起回家。

　　28 日清晨，我和岳林如约来到江海义工协会领取任务，我们刚到几分钟，东源公司的罗总竟然也来了。"林记者，你也来了？见到你真高兴，祝你好运。"

　　"罗总，你亲自来这里？"

　　看我满脸疑问，岳林抢着回答："罗总是这里的常客，他在周末经常带我来这里。"

　　"是吗？看来我要好好向罗总学习。"

　　"我们互相学习吧！"说着，他主动跟我握手。

刚与罗总打完招呼，庄蝶和张品竟然也从人堆里冒了出来，我惊喜地喊道："姐姐，姐夫你们也来了？"

庄蝶和张品微笑着向我和岳林点头致意，就走过去与罗总握手问好。

我拉着岳林的手向庄蝶、张品介绍："姐姐、姐夫，这是岳林，我朋友。"

"岳林是你朋友？是男朋友吗？"庄蝶高兴地问。

我微笑着没有说话，岳林主动说："是啊，湘湘还没有来得及向姐姐、姐夫汇报。"

说完忙向前跟庄蝶姐姐握手，随后又与张品握手。

"你们以前就认识吗？"我看岳林与庄蝶、张品像老熟人似的寒暄，就问道。

"当然认识，我们都是老义工了。"岳林说："只是他们还不知道我们的关系罢了。"

这时，庄蝶姐姐走过来对岳林说"小伙子你好有眼力，我这个妹妹可是聪明勤奋又可爱，你要好好珍惜哦！"

"一定，请您放一百个心。"岳林诚恳地说。

这时，罗总指着岳林笑道："这小子，有了女朋友这么大的事也不向我汇报，真是反了你了。"听了罗总的话，大家都笑了。

其他的义工也纷纷围过来，向我们祝福，然后大家互相问好，互相祝福，这里每个人的脸都是那么和蔼友善，笑得很真诚，很灿烂，我很喜欢这里的氛围。

义工协会的会长姓王，是个五十多岁的阿姨，她把今天来的40多名义工分成8个小组，其中四个小组分别去看望慰问孤儿院的孤儿、敬老院的老人、特教学校的残疾儿童、父母不能回家过年的留守儿童，其他四个小组上街去搞卫生。根据事先安排，邓小琴、刘松涛、刘文英，还有我和岳林五个义工带了慰问老人的物品，我们被编为第三小组，负责去敬老院看望孤寡老人。我看到罗总在第二小组，庄蝶、张品在第一小组，看来他们分别要去看望慰问残疾儿童和孤儿。

我们五个人出发去江海敬老院，院长秦红祥早早等在那里，她向我们介绍："院里共有36名老人，其中25名被儿女或者亲友接回家过年了，只有11名无儿无女的孤寡老人在院里过年，谢谢你们来看望他们。"

院长还告诉我们："刚才妇联的同志也来看望过老人了，11个老人现在都集中在会客室里，我带你们过去。"

我们带着水果点心以及崭新的衣服鞋袜等慰问品来到会客室，11个老人有8个是女性，3个是男性，这是我们在购买慰问品之前就了解的，这些老人大多已经老态龙钟，有的弯腰驼背，有的眼花耳聋，有的眼神呆滞，很是可怜，我们5个义工把买来的礼品分给他们，每个人又拿出红包作为给老人压岁的钱，这一切做完后，我们还给老人拜了年，祝他们健康长寿。

看到这些老人，我百感交集，既强烈同情他们，又很高兴自己有能力给他们孤独苍老的心带来些许安慰。我想，以后我一定利用周末多来看望他们。

从敬老院出来，岳林说带我去高铁站买回家的车票。来到高铁站，简直是人山人海，根本就挤不进去。我想，这么多的人要想买一张车票真是难于上青天，但岳林不慌不忙，他拿出手机拨通了一个电话："喂，朱主任，我来拿车票，我在车站广场南门外小薇饰品店，你在哪里？"

"有人给我们买了车票吗？朱主任是谁？"

"朱主任是我的一个朋友，在车站派出所上班，我早几天就托他给我买票，他在这里工作，可以在人少时买，比较方便，昨天他告诉我票买到了，让我今天来取票。"

"这么多人，如果排队买票，估计排几天也买不到票。"我无限感慨地说。

“所以很多人买不到票就回不了家过年了。”

我们说着话，朱主任从人群中挤了进来：“人太多了，我忙不过来，票是托排队的熟人顺便买的，给你，我要去维持治安了。”朱主任把一张车票交给岳林，似乎并没有发现我的存在，话音刚落就走了，看来他真的很忙。

“怎么只买了一张票?”

“春节期间一票难求，我家离江海不算太远，只要 5 个多小时，我自己开车回去。”

岳林把车票交给我，又帮我拦了辆的士，说他还有事要忙，让我先回去，他晚上再来帮我收拾行李。我上了车，看看车票上开车的时间，是 29 日上午 8 点 10 分。

回到自在居。看时间还早，我想，总不能空着手回家吧，于是到附近的惠利商场采购，我给父亲买了 1 件毛衣，给母亲买了 1 件披风，给奶奶买了双保暖鞋，还买了 6 袋当地出名的海产品，打算自家留两袋，给安晨家送 2 袋，给岳林父母捎 2 袋，就大功告成了。

晚上，岳林带着两大袋吃的喝的给我送来，说是带给我回家过年的礼物。

“这么多东西，我怎么带得回去? 我不要，你带回去吧!”

“我送你上车，反正东西放车上也不要你费力。这是我给林伯父林伯母买的，我的一点心意，你一定要接受。”

“我这里也给你父母买了两袋海产品，麻烦你带给他们吧，算是我的一点心意。”我把两大包海产品交给岳林。

“那好吧，我们算是各尽心意。”他接过海产品，“谢谢你。”

“还有哪些东西要带回家? 我给你打包。”岳林说着，拿出早准备好的纸箱子。

“好的。”

我把所有要带回家的东西放在一堆，他一件一件叠好，统统放在一个纸箱里，又用绳子把纸箱子捆结实，以方便手提，一堆令人头疼的杂乱东西瞬间归置到箱子里，由繁变简，我想，岳林真是个细心的男人。

一切安排就绪后，他又变戏法似的拿出一袋吃的："这是我们两个今天晚上的夜宵，如果你不困的话，我们就聊一个通宵，明天早晨我送你去车站。"

"啊，还有吃的？我今晚上吃了点面包，还真饿了，你真是雪中送炭！"我惊喜地说。

他笑笑，拿出卤猪蹄、鹅掌、酱牛肉、蛋糕、红酒摆上桌："快拿两只玻璃杯来，我们边喝边聊。"

"好香啊，都是我爱吃的。"我在他额头亲了一下。他也亲我一下。

"不要急，馋猫！我在微波炉里热一下再吃，"说着，他一样一样用碟子把食品装好，又一样一样加热，我把红烛点上，又负责把两只酒杯倒上酒。这样美好的夜晚，只属于我们两个。

我们相对而坐，没等他开口，我就忍不住拿起一只鹅掌咬起来："真好吃，你也吃一只。"我拿起另一只鹅掌给他。

"看你那馋样，好像饿了八辈子。"他微笑着看我吃得津津有味。

"我的吃相很奇怪吗？你怎么老盯着我看！"

"你真可爱，看你吃也是一种享受。"

"还是自己吃更享受，你快吃吧。"

我夹一块酱牛肉塞进他嘴里，他这才大口吃起来。

"来，为我们明天回家可以见到父母干一杯。"他端起酒杯一饮而尽，我毫不含糊把酒干了。

我突然想了解他的家庭："你家里几口人？家里还有什么人？"

"家里一共四口人，我父母都是老实的农民，还有一个弟弟在读大学。"

"你呢？"他问。

"我是独生女，父母都是公务员！"

"那你的家境很好啊！"

"我不会依靠父母，我要自己闯出一片天地。"

"有志气，我敬你一杯。"他端起酒杯又一饮而尽。

"我可以喝一半吗?"

"不行，这杯酒你得干了，下面的酒你随意。"

"好，我喝。"我把酒喝了个底朝天。

一来二去，我已经有了醉意，岳林给我倒了开水，让我以水代酒，说剩下的酒由他喝。我不肯，尽管我每一杯只喝一小口，但每杯酒我都陪他喝。

我们天南海北地聊，互相有了更深的了解。

不知不觉夜已深了，岳林走向我，把我揽在怀里，然后他把他的唇压在我的唇上。我在醉眼迷离中，迎接他的爱抚，他把我抱起来，轻轻叫着我的名字，我没有反抗，用力抱紧了他。他抱着我走进卧室，轻轻把我放下，红烛摇曳中，我听到花开的声音，然后是刻骨铭心的疼痛和热烈渴望的期盼。他用他的强健和温柔一点点把我征服。

在醉意朦胧的甜畅淋漓中，我在他温暖的怀里沉沉睡去。第二天醒来，却不见了他。我起来打开窗帘，窗外阳光明媚，冬日的阳光看着格外温暖惬意，岳林见我起床，忙过来叫我吃早饭，他熬好了稀饭，煎好了鸡蛋，还把昨天剩下的蛋糕、酱牛肉都加热了。看着这么丰盛的早餐，我感叹自己找了一个细心体贴的好男人。

吃过早饭，我踏上了回乡的路，他送我到车站，车站人山人海，他怕我一个女孩提着沉重的行李上车不方便，又找了个与我同车的中年男子帮忙，嘱咐他上车时帮我提行李，中年男子爽快地答应了，岳林为表达谢意，特意给他买了一包江海特产，中年男子不肯收，岳林硬塞给了他。

中年男子姓王，在江海一家电子企业打工，是个纯朴的农民工，他也是回家过年，他虽然和我不在同一节车厢，但他帮我提着行李找到座位，才安心去找他的座位，我非常感谢他，给他留了电话，希望以后多联系，有什么困难就找我。他憨憨地笑了，也留了电话给我，希望我到他们家乡去做客。

13

和睦

回到家乡，感觉到浓浓的亲情和浓浓的年味。老爸老妈不顾我的反对执意亲自到高铁车站接我，说反正闲着。我知道老爸老妈很想念女儿，也就由着他们来接。他们早早等在出站口，见到我，老妈过来抱住我问寒问暖，老爸默默地把我的行李搬上车。上了车，老爸开车，老妈和我聊天。

坐在车上，只见窗外街上人头攒动，到处是采购年货的人们，连街两边也临时支起大大小小红红绿绿的摊子卖年货，老妈说，我家的年货早就置办齐全，但今年不在自家过年。

"那我们到哪里过？"

"到安伯伯家过，安伯伯安伯母跟我们商量好了，从今年起，我们两家今后一起过年，今年在他家过，明年到我家过，这样轮流，既热闹又轻松好玩。"

"这是谁的主意？"

"是你安伯伯安伯母提出来的，我和你爸也觉得这样很好，我们两家既是好朋友又是好邻居，和睦相处，亲如一家，一起过年热闹好玩，这是对大家都好的事，我们就答应了。"

"不能改了吗？"虽然我对于向安晨表白被他拒绝的事已经不会再难过，但隐隐感觉去安晨家过年还是有些不妥。

"你不愿到安晨家过年吗？你和安晨从小就要好，大家一起过年像个大家庭多热闹啊！"

"那奶奶呢？"

"奶奶当然也和我们一起去安晨家过年，明年安晨的爷爷奶奶我们也接过来一起过，反正就是吃饭嘛，在哪里吃都是吃，只是人多更热闹喜庆。"我听老妈这么说，也不好再说什么。

我们家乡所说的过年，狭义地说，其实是指过除夕，这是各家各户都最为重视的家人团圆节日，一般不是一家人是不会一起过的，但现在独生子女家庭过于冷清，其他亲人不在同一个城市，爱热闹的人就打破传统，与亲如一家的朋友一起过，但这种情况终究是极少数。没想到我家和安晨家赶上潮流了。

说话间不觉到了家，奶奶站在窗前，看到接我的车到了，就下楼来接我，我抱住奶奶："奶奶身体好吗？孙女真想您！"

"托我孙女的福，奶奶身体健旺着呢，奶奶也想你。"满脸皱纹的奶奶看到我笑成了一朵花。

奶奶73岁了，精神很好，平时还能帮着老妈做做家务，没事的时候就和小区里的老头老太太跳广场舞，打字牌，她眼不花，耳不聋，腿脚没毛病，脑子也很好使，从楼上下来一点也不费劲。

我扶着奶奶上楼，老爸老妈提着我的行李在后面跟着。走到三楼，安晨家的门关着，要是以往，我放假回家一定会先敲他家的门，进去打个招呼再回家，可今年，我想先回家想清楚怎么跟他们打交道再来。于是，我扶奶奶径直上了四楼自己家。

我把给老爸老妈奶奶的礼物拿出来一一送给他们，大家都很开心，奶奶直夸我孝顺。老妈看到这么多吃的喝的，嗔怪道："你这丫头，怎么买这么多东西，这么远的路，多难带呀。"

我老实回答："是朋友送的。"

"送这么多，是男朋友还是女朋友？"老妈好奇地问。

"当然是男朋友了。"

"啊？你有男朋友了？你安伯伯安伯母都希望你做他们的儿媳妇呢。"老妈有些失落地说。

"那老爸老妈的意思呢？"我问。

"安晨那么优秀，我们当然希望他做我们的女婿。"老妈看着我，希望我给她一个明确的答案。

"这只是你们做父母的想法，这种事我和安晨的想法才最重要。"

"这才是问题的关键，两个孩子没那缘分的话，做父母的只能顺其自然。"一直沉默的老爸接过话茬。

奶奶一直在听我们说，这时她终于忍不住开口了："要我说，婚姻大事还是要听老人的，父母之命，媒妁之言，自古就这样。"

"奶奶，什么年代了，还父母之命，媒妁之言！您放心，我保证给您找个孝顺您的孙女婿。"我拉着奶奶的手撒娇。

奶奶和老爸一样少言寡语，听我这么一说，就不发表意见了。

"我不同意你找个外地的女婿，还是安晨让我放心。"老妈却坚持自己的看法。

"老妈，婚姻讲缘分，要你情我愿才幸福，即使我对安晨有情，要是安晨对我无意呢？"

"那总要做做工作才能下结论啊！安晨孝顺，听他爸妈的话，一定能成的。"老妈不肯让步。

"老妈，你没听说过婚姻如穿鞋，合不合脚只有自己知道这句话吗？您就别操心了，我们有自己的想法。"我耐心跟老妈做工作。

"不管你和安晨成不成，我们林安两家的友谊是不会断的，我们两家做不了亲家，我们还做好邻居、好朋友。"老爸说的话正是我所希望的，希望安伯伯安伯母也能这样想。

"我去看看安伯伯安伯母，给他们买了点海产品送过去。"我不想再争论这个话题，打算撤退。

"去吧，昨天安晨也来看过我们了，给我们送了两瓶西洋酒。"妈妈把海产品用纸袋装好递给我。

按响安晨家的门铃，来开门的是安晨："安晨哥哥，伯父伯母在家吗？"

"湘湘回来了？他们都在。"

正在厨房忙碌的伯父伯母听到我的声音，高兴地迎了出来，我把纸袋交给伯母："伯父伯母好，我来看你们。"伯母接过纸袋，全身上下打量我："湘湘更好看了，伯母见到你真高兴。"

安伯父吩咐安晨："你给湘湘倒茶，我们正在油炸鱼丸子，湘湘不是很爱吃吗?"

"是啊，谢谢伯父伯母，你们忙吧，我还有事，我先走了。"

安伯母说："好，你先忙吧，明天到我家过年。"

"我知道了，辛苦你们了。"

"湘湘再见!"安晨送我到门口，"明天早点过来。"

"好的。"说完，我回家休息。

第二天是大年三十，按照我们这里的风俗，这天的早饭和午饭都吃得很简单，只有晚餐是一年中最隆重的，一般家庭都要做十道菜、六道点心寓意十全十美，六六大顺。家庭殷实的做得更丰盛。

这天，我们一家在自家吃了早餐和中餐，因为到安家吃团年饭，我们不用忙着做菜做点心，所以一家人很轻松地坐在客厅看电视。

下午五点，安晨来叫我们吃团年饭了，老妈准备了五个大红包、两大包饮料点心之类的年礼，说到安家过年不能空着手去的。我们一家四口穿上崭新的服饰来到安家，安晨的爷爷奶奶也从农村接过来了，两家合并共九口人，比以往过年显得热闹多了。

我把两包礼物交给安伯母，安伯母接过礼物说道："你们太客气了，谢谢。"老妈拿出红包，首先把两个大红包交到安晨的爷爷奶奶手里，说道："祝两位老人健康长寿。"老人接过红包笑得合不拢嘴，说着托你们的福，谢谢。接着老妈又分别给安伯父安伯母每人一个，祝他们吉祥幸福，伯父伯母接到红包也连说谢谢，最后老妈给安晨发红包，安晨推辞道："林伯母，我就不要发了。"

"大过年的不发红包怎么行? 这是一年的彩头，你一定不能推辞的。"老妈不容分说把红包塞给安晨。

安晨只好接过了红包，并连说谢谢伯母。

一张枣红色的大圆桌上，摆满了各种菜式点心，冒着腾腾的热气，满屋香气四溢，我数了一数，共有十二道菜，八个点心，还有两瓶洋酒。

安伯父安排三个老人坐上席，我家父母和安伯父安伯母坐中席，我和安晨被安排在下席，大家坐好后，由安伯父主持开席，他站起来说道："今年是个特殊之年，我们安林两家在一起团年，此后，我们每年都一起团年，希望我们两家永远和睦幸福，来，大家举杯，祝福安林两家红红火火，大吉大利，大家把酒干了！"

"干杯！"大家热烈响应。

"来，大家吃菜。"安伯母热情地招呼着。

安伯伯第二次举杯是敬三位老人："来，我们祝三位老人健康长寿！"

大家又举杯响应，齐声祝福老人添福添寿。

安伯伯第三次举杯，竟然是祝福我和安晨："我们第三杯是祝福两个年轻人前途似锦，鹏程万里！"

安伯母站起来加了一句："还希望两个孩子喜结同心，比翼齐飞！"爷爷奶奶，爸爸妈妈们都大声点赞，想不到平时非常理性的安晨竟然主动与我碰杯："湘湘，这杯酒我们干了。"说完他一饮而尽。

我迟疑着，说已经醉了，几个长辈都看着我，他们七嘴八舌，说这杯酒一定要喝，我经不住这么多人劝酒，又不想破坏这样祥和热闹的气氛，只好硬着头皮把酒喝了。

这时，安伯母又发话了："我们两家是世家，家境相似，又住楼上楼下，可谓门当户对，两个孩子从小一起长大，知根知底，亲如兄妹，可谓青梅竹马，如今他们都参加工作了，偏偏还在同一个城市，可谓比翼齐飞，世上哪有这么好的姻缘，你们说是不是？"长辈们齐声说："是是是！"

老妈也发表意见："两个孩子结婚，我们放心，我们就等着抱孙子了，你们生两个孩子，一个姓安，一个姓林，多完美啊！"

大家又是一阵附和。

想不到，这顿年夜饭把我和安晨的婚姻当作了重点话题，长辈们以为两个孩子大了，把我们撮合到一起顺理成章，他们哪里明白我们内心的想法？

我本来想把我有男朋友的事实说出来，但今天是团年，我说了不但让安晨没面子，也很扫大家的兴，何况，我不知道安晨是不是有了女朋友，既然他不说，我为什么要说呢？

这时，一直保持沉默的安奶奶也开口了："既然两家都觉得两个孩子在一起很合适，今天大家都在，干脆今天就定下来，我好早点抱重孙。"

长辈们自然又是一片附和。

安伯父兴奋之余让我和安晨站起来对着长辈表个态，我看看安晨，希望他能够转移话题，谁知安晨拉着我的手站起来，端起酒杯，自作主张地说："我和湘湘的事让长辈们操心了，来，我们敬各位长辈一杯酒。"

我被动地跟着安晨把酒喝了，长辈们看到我们敬酒，大家高兴地把酒喝干，笑声在整个屋子里荡漾。

这时，一直没有开口说话的老爸端起一杯酒站起来说："今天我们安林两家在一起团年，好得像一家人，如果两个年轻人能够喜结连理，那就是亲上加亲，更加完美。话说回来，婚姻要看缘分，他们两个有没有缘分，我们让他们两个年轻人去谈，如果谈成了，他们结婚，我们是亲家，万一谈不来，我们两家还是好朋友，对不对？不管怎么样，我们都会把安晨当作自己的儿子，好不好？来，我敬大家一杯。"老爸说完，把酒干了，大家也举起酒杯干了杯中酒。我知道，老爸说这番话的深意，心想，还是老爸最理解女儿的心。

安伯父回应："不管怎样，我们也会把湘楚当亲女儿待。"

"这还用说吗？这么乖的女儿，我喜欢得不得了。"安伯母附和道。

"我也把安晨当宝贝儿子，有这么优秀的儿子，我不知道哪辈子修来的福。"老妈也发自内心回应。

好不容易吃完了年夜饭，我正想找个理由撤退，这时岳林打来了电话，我说声："对不起，我接个电话。"就躲到阳台上接电话。电话里，岳林诉说着相思之苦，讲述他们一家人吃团年饭的经历，我也把我的经历叙说一番，我们谈得正欢，安晨过来叫喝茶了："跟谁聊这么久？"

"当然是男朋友了。"我老实告诉他。

"男朋友？他是谁？什么时候谈上的？"

"你拒绝我以后，我就跟他好上了。"我没心没肺地跟安晨直白。

"我什么时候拒绝你了？"安晨居然做出无辜的样子。

"哥哥真健忘，你回国后，我请你吃饭，我向你表白，我说我喜欢你，你怎么说来着？"我笑着做调皮样，我希望我和安晨不能因为成就不了婚姻而把关系搞僵。

"我说我也喜欢你，不是吗？"安晨一本正经。

"是，你是说喜欢我，但你强调，你会一辈子把我当亲妹妹喜欢，你难道想赖皮，不把我当亲妹妹了？"我故意激他。

"这并不代表我们不能恋爱结婚啊！"他不肯让步。

"妹妹和哥哥怎么结婚？"我还是笑着据理力争。

"我当时没想那么多，现在两家长辈都希望我们结婚，刚才你也看到了。"

"当时你怎么想不重要，长辈们希望我们在一起也有他们的道理，重要的是，我们内心的想法，我觉得我们做兄妹最合适也很幸福。"我旗帜鲜明地说，因为我不想让他误会。

"好妹妹，是我错了，你原谅我吧。"安晨居然说出这样的话，是我万万想不到的，从小到大，安晨优越惯了，何曾有过错？

"哥哥，这可不是你的风格哦，我快不认识你了。"我故意哈哈大笑，把气氛搞得轻松些。"多少优秀女孩对你梦寐以求，你一定会找个比我好一百倍的女孩。"

"那怎么跟爸爸妈妈爷爷奶奶交代?"

"这个好办,我们现在不说,等我们上班了,再分别告诉父母,说我们各自找了对象,只要我们过得幸福,父母是会理解我们祝福我们的,这样也不会影响两家人的友谊。"

"那好吧,我们两个的事,以后再说,现在出去喝茶。"

"好。"

我和安晨从阳台走出来,长辈们以为我们有说不完的情话,大家自然高兴。这时,安伯母也拿出红包发给我奶奶和我老爸老妈,同时,也给我一个大红包,我正要推辞,老妈却要我接受,说过年的红包不能拒收,否则不吉利,我这才接受了红包:"谢谢伯母,吃饱喝足还有红包,我太幸福了。"

"以后跟伯母就不要见外,要把这里当成自己的家。"安伯母对我一脸慈祥。

"伯母,你和安伯伯说把我当女儿,我当然把这里当自己家了。"我顺着伯母的话说。

"那是当然,你这么乖,我喜欢得不得了。"

"安晨更优秀,我对安晨也喜欢得不得了"老妈也附和道。

"伯父伯母,爷爷奶奶,今天特别高兴,酒也喝了,饭也吃了,茶也喝了,红包也收了,你们辛苦了,也该好好休息休息,我们也该回去了。"我站起身准备离开。老爸明白我的心思,也跟着站起来:"是啊,今年的年过得太有意义了,非常感谢你们的热情款待,我们告辞了。"

爱热闹的老妈虽然还想在这里聊天喝茶,但看到我和老爸都站起来,只好挽着奶奶起来,我们一家回到家里看春晚。

第二天是大年初一,按惯例,我这天要赶到舅舅家给外婆和舅舅舅妈拜年,然后再赶到姨妈家给姨妈姨父拜年。大年初二,再给姑姑姑父,伯伯叔叔拜年。等七大姑八大姨家都拜访到,我就可以和朋友们玩闹了。

清早，岳林就打来电话来祝福新年，我们聊了一会，老妈就叫喝早茶了，这是我们这里的风俗，大年初一往往比平时起得早，妈妈泡好茶，准备好各种好吃的茶果点心摆满桌子，然后是全家围桌喝茶，妈妈还会把一个红包塞我衣兜里，然后用盘子装好糖果花生开心果红枣之类的小吃倒进一个纸袋，包好后塞在我另一个衣兜里，无非是希望自己的孩子新的一年有一个好彩头。全家人喝了早茶，桌上的果盘都不会撤下来，因为陆续会有晚辈来拜年。妈妈还会准备许多红包，给来拜年的晚辈送上祝福。而爸爸要忙着做饭菜，来拜年的晚辈总要喝杯酒吃顿饭才走，这也是规矩。

我正准备出门，安晨却按响了我家门铃，他第一个来我家给我父母和奶奶拜年，这很出乎意料，因为往年我和安晨都是各自到亲戚家拜完年后，我们一起出去和朋友聚会，他这一来，让我方寸大乱，因为按我们当地风俗，有女儿的人家，如果定了亲，男方是要第一个到女方家拜年的，难道安家真把我当未来儿媳了？

我正发愣，安晨已经把带来的几盒礼品交给老妈，把一个红包交给奶奶，并对着我爸妈和奶奶说了一大堆祝福语，老妈自是欢喜，她赶紧让安晨坐，然后到里屋拿出个红包给安晨，安晨坚决不肯要："伯母，我是大人了，又参加工作有了收入，就不要老给我塞红包了，弄得我都不好意思来了。"

老妈可不依："你再大，在我面前也是孩子，何况这是新年第一天，哪有不给红包的道理，这是规矩，你不接，我一年都会不走运的，快收下吧。"

安晨无奈，只好收下红包。

"你今年不去给你舅舅姨妈他们拜年了吗？"我问安晨。

"要去的，爸爸妈妈说让我先来给林伯父林伯母拜年，我也觉得，应该先来你家，所以就来了。"安晨微笑着回答。

老妈给安晨倒好茶，让我过来陪着安晨喝，我只好坐下，她就到厨房帮老爸做菜去了。

"你什么时候回江海?"我又问。

"初六,你呢?"

"我们初四就上班,所以我初三就要赶回去,这样,等你们上班,就可以看到我们的报纸了。"

"你们真辛苦,要不,我陪你初三回去?"

"不要,你在家多陪陪父母,难得有这么几天假,你何必急着回去呢?"

"开饭了!"爸妈很快做好了六道菜,并端上桌。

"伯母,怎么这么快就做了这么多好吃的?"安晨问我妈。"因为都是前两天准备的熟食,所以做起来很快。"老妈笑得很开心。

老爸烫了一壶从老家带来的米酒,给自己和安晨倒了满满一杯,给我和老妈奶奶倒了半杯,老爸端起酒杯敬安晨,感谢他来拜年,安晨自然毫不含糊地喝干了。他给我老爸倒满酒,自己也满上,回敬我们全家。

正喝着酒,我的堂哥和堂妹来拜年了,于是,老妈忙着接礼物,送红包,添碗筷,给凉了的菜加热,把喝空的酒壶添酒,其他人则忙着喝酒吃菜。因为来拜年的人时间不统一,往往早饭连中餐,中餐接晚餐,总之,一天到晚吃个不停。

我因为有任务在身,陪大家喝了一杯,就准备出发去拜年了。大家也理解,我打个招呼就提着礼品出门了。

我刚出来,安晨也跟着出来了:"湘湘,我送你。"

"不用,你去喝酒吧。"

"我吃好了,我也要去拜年了。"

"我拜年打算从远到近,所以最后到你家拜年,你说好吗?"

"很好,你快去快回。"

"好的,拜拜!"

因为时间紧,我到亲戚家拜年都是快去快回,往年要两天拜完年，今年只用了一天就大功告成。正月初二，我清早到安晨家拜年，妈妈给我准备了丰盛的礼品，安伯伯安伯母早就准备好了给我的大红包和丰盛的早餐，那种过分的热情让我有种难以承受的压力。我借口时间紧，赶紧吃了饭，说要回去准备明天回江海的行李。

初三日，我陪父母吃完早餐，收拾好行装，已经快十点钟了，这时，岳林打来了电话，说他已经开车来到我所在的城市接我，我像在做梦："是真的吗？"

"当然是真的，我今天早晨5点就出发了，想给你个惊喜，所以没有告诉你，你在什么位置？我马上过去！"

"我在丰原路的万祥小区，市政府附近，很容易找。"

"好，我知道了，待会儿见！"

"再见！"

见我幸福的表情，老爸明白了一切："让人家来家喝杯酒吧，大过年的，跑这么远的路，够辛苦的。"

"这样做不好吧，这时候家里来一个陌生男子，叫安家人看到我怎么解释？大过年的总不能往人家脸上泼冷水，这样做太扫人家的兴，我不管湘湘以后跟谁结婚，至少现在不能伤害人家。"老妈说什么也不同意。

"我陪他在外面吃，让他以后再来家里看你们。"我想，这是最好的办法，爸妈也同意了。

我打电话给岳林："你到市政府门口等我，我马上出来。"

"我已经到市政府了，我给伯父伯母带了点家乡的土特产，要给他们送过去吗？"

"不用了，我过来再说。"

这时，安晨上来了，说要送我到车站，老爸说："我去送她就行了，你休息吧。"

安晨显得有些失落，但见我爸妈提着我的行李要出门，他忙接过行李提下楼，放到我爸车上。

我上了车，和安晨挥挥手说："江海见，安晨哥哥。"

"湘湘一路平安！"

"谢谢！"

我又转向老妈："老妈，回去吧，我到了江海就给您打电话。"

"路上小心，注意安全，记得来电话。"

"我记住了，回去吧。"

开车到市政府，两分钟就到了。岳林站在车门边等着我。我下了车，就拉着岳林介绍给老爸，没等老爸开口，岳林就行礼问好："伯父新年好！岳林给您拜年了。"

老爸跟岳林握手："新年好，辛苦你了。"

"不辛苦，我给您带了点家乡的土特产，麻烦您带回去吧。"说着，岳林把一袋装着名烟名酒和一袋装着腊鱼腊肉的食品袋放到爸爸车上。

"你太客气了，谢谢你。"

"不成敬意，伯母好吗？"

"哦，她走亲戚去了，她很好。"老爸不便说出真相，只好搪塞。

我对老爸说："您回去吧，外面风大，我陪岳林去吃点东西就走了，您多保重。"

老爸转向岳林："开车慢一点，注意安全。"

"放心吧伯父，我会注意的，保重！"岳林紧紧握住老爸的手，看老爸那表情，他对岳林印象不错。

14

纯洁

　　老爸开车回去了，我陪岳林到市政府附近的祥记酒店吃了饭就踏上了回江海的旅程。

　　因为大年初三还未到旅客返程高峰，路上车辆不多，一路上畅通无阻，四个半小时的车程，我们四个小时就到了江海，回到自在居。我怕岳林太辛苦了，要他在沙发上休息，我来做饭，但他说我坐车几个小时也辛苦，干脆到外面去吃，于是我们又来到"欣康"中西餐厅，我们选择一个靠窗的小包间坐下。这时餐厅歌手正演唱张洪量原唱的《莫名我就喜欢你》，岳林就跟着小声哼唱起来，我就问他："你对这首歌很熟悉啊，难道你喜欢我没有理由吗?"

　　他回答："我一开始是被你工作的认真态度吸引的，但后来，我越来越觉得，你就是我的灵魂伴侣，我们性格相融，兴趣相投，思想相通，品行相似，这样的爱人打着灯笼也找不到，我太幸运了。"

　　"可是，现在的年轻人择偶标准似乎不是把性格兴趣思想品行这些东西重点考虑，男人往往看女人长得漂不漂亮，女人往往看男人是否成功，而衡量成功的标准，往往是名和利。"

　　"那是俗人的择偶观，那种物质爱情很容易变味，经不起时间的检验，世界上那些经典不朽的爱情，无一不是心灵相通，心心相印的。"

　　"比如呢?"

　　"比如那些嫁入豪门的明星，不少以凄凉收尾。因为他们之间往往没有纯洁的爱情，豪门公子以貌取人，明星们则以金钱为筹码，最后当然不会结出善果。再比如，荷兰王子克里斯蒂安放弃王位继承，与比自己大5岁的平民女子安妮塔喜结连理，他们纯洁的爱情被传为佳话。"

"这倒是，我有一个表姐到加拿大留学，后来留在加拿大一个小城工作，原因是她在当地成就了一段美好姻缘。而他们的爱情要是在中国很多人就不理解，因为我的表姐只有一米五的个子，其貌不扬，而她的爱人一米八六，高大帅气，我表姐只是一个普通农民的女儿，男方却是当地首富的儿子，他们两个在表面看来是那么门不当户不对，外表又是那么不般配，但他们就那么相爱了，而且他们结婚五年了，依然那么相亲相爱。"

这时，服务生来点单，岳林征求我的意见，我就说："我点一个鸡翅，其他的东西你点吧。"岳林接过菜单，点了日式鳗鱼，胡萝卜牛腩，千页豆腐，卡地罗乳鸽，还点了一份绿茶佛饼，一份木瓜汁，一瓶红酒。我说："是不是太多了，吃不完就浪费了。"他说："现在是新年大节，奢侈一点也是应该的，吃不完就打包，绝不会浪费。如果你还想吃什么就加两样。"我表示不要了，岳林把菜单交还给服务生。

点完单，岳林接着刚才的话题说："的确，你表姐那种境遇，在中国可能比较少见，但在美国却不是什么新鲜事，我一个在美国工作的朋友就说起，在美国常能欣赏到一个长相非常普通的女人，挽着一位条件不一般的美国男人的风景。在中国，你让一位成功的男人娶个丑女，那简直要了他的命，而在美国就不一样，在婚姻问题上，他们更看重心灵的撞击，思想的交流。"岳林说着，端起杯子喝了一口水。

"相对而言，你也算是比较成功的中国男人了，你为什么不找个丑女？"我半开玩笑半认真地对他说。

"我看重心灵撞击，思想交流，但我不拒绝美女，我能找到你这样有德有才又有貌的女子，是我三生修来的福气，我会一辈子珍惜你的。"他说得很认真。

"那你受纯爱情观的影响不小，难道我们中国那些成功男人就不需要与爱人进行思想交流吗？"

没等他回答，服务生把我们点的菜式点心红酒端上来，我们边吃边聊。

岳林一边倒酒一边继续我们的话题："中国男人不是不需要思想交流，只是他们更愿意和男性朋友去交流，而希望女人带着崇敬的心情听他们侃，中国男人受几千年男尊女卑思想影响深远，往往不能容忍一个女人比自己强。如果一个女人能力太强，很多男人宁可选择对其敬而远之，中国男人需要受到女人的仰视和崇敬，我想，大概这就是中国许多优秀女子往往成为剩女的原因吧。"

"这我有同感，我曾见识过一个女研究生追求一个男本科生，竟然惹得这个男生落荒而逃，他后来找了一个服装店的漂亮服务员做妻子。在我们中国，这种现象绝不是个案，男强女弱似乎是天经地义的，而女强男弱往往要出事，比如，男人背着妻子去找个什么都不如妻子的女人做情人是常有的事。"我附和道。

"不过，这种局面正在发生变化，现在有不少男人就愿意找个在事业上能够助自己一臂之力的妻子，而不愿找个依附型的女人，现在男人的压力越来越大。"岳林深有感触地说。

我接着他的话说："的确，社会在进步，婚恋观也在改变，越来越多的中国女性'巾帼不让须眉'活得非常精彩。不过，在中国，'男人有钱就变坏，女人变坏就有钱'的魔咒似乎远没有解除，我最近看到一条新闻，说一个受贿上亿元的贪官包养了六个二奶。这也不是个案，三十多年的改革开放，形成了中国独特的男人包二奶现象。这个现象，全世界都有，只是不像在中国如此普遍，如此明目张胆。"

听到我说到这个话题时有些激动，岳林深有同感地说："是啊，我看到一篇文章，说的是美国男人没有包二奶这种情况，文章分析了他们不包二奶的原因，一方面是他们大多有虔诚的信仰，他们每周都要去做礼拜，而这样做会让人抛开很多外界的诱惑，使得人们更珍惜对家庭和孩子的责任，他们认为搞婚外情是很不光彩的，所以，夫妻彼此忠诚。另一方面，就是美国女性往往经济上很独立，性格上很自我，她们自尊自爱，不喜欢被支配，对被男人包养现象嗤之以鼻，如果为了情，她们会选择离婚，不会干偷偷摸摸的勾当而坏了名声。再次，美国这个社会有非常健全的税收制度，严格的监控系统，让任何现金交易几乎不可能。养二奶，是需要真金白银的，钱哪里来？而在美国，丈夫任何的账目开支，几乎全部有根有据，这样，即使他们有这个想法也没有办法。再说，花心男人如果需要花心，绝对不会要一个婚姻来制约，所以，花花公子是不轻易结婚的，决定结婚的男人，就决定要去守一个家，守着一个妻子了。美国生活方式中很重要的一条是要陪家人吃晚饭。除非极其特殊的情况，美国人一般不会安排晚上和他人约会，尤其是商务上的约会。所以美国的餐馆里，几乎看不到国内那样的朋友同事或其他杂七杂八的人凑在一起的大聚会，一起吃饭的基本都是以家庭为单位。"

"这么说，美国是一个幸福的天堂？"我对岳林说的现象由衷赞赏。

"我绝不认为美国社会就那么清白，我看的那篇文章中说了，美国女人贪图钱财、物质，做有钱人的情人，一夜情的故事也有，但是如果是以'寄生虫'为生活背景的女人，绝对是极少数，而且会被世人唾弃，在社会上难以立足。所以，在美国，对待婚姻，对待情感，对待得体的身份，占社会的绝大多数的家庭，都很在意。"

"是啊，如果对出卖色相不劳而获的'寄生虫'生活不嗤之以鼻，这是非常悲哀的现象，物欲情欲会毁灭人的灵魂。"我对国内那些乐当"寄生虫"的女性真是哀其不幸，怒其不争。

"这种现象会得到根本改善的，一是各项制度包括税收制度越来越完善，法治越来越健全，国家反腐力度不断加大，使男人包二奶受到严重制约。二是像你这样独立自尊的女性越来越多，男女平等是我们国家的基本国策，如今女性完全可以和男性一样谋求经济独立，会有越来越多的女性追求独立自主、自尊自爱，做'寄生虫'也会越来越受到社会的唾弃。"岳林像是对我的安慰，又像是对我们社会的美好憧憬。

"你不像一个企业高管，倒像一个社会学家，难道你对这些也有研究吗？"我不知道岳林的知识宝库里还藏着多少我所不知的东西，但我很高兴通过这种深度交谈，让我对他的了解又更进了一步。

"做企业肯定要了解社会，了解政策，对各种人群也要有所了解。当然，有些知识是与人交谈了解的，有些是自己看书了解的，有些社会现象是自己直接或间接看到的。不一而足。"

交谈中，不知不觉我们的酒菜点心也吃得差不多了，岳林问我还要不要吃点什么，我说吃饱了，他就叫服务生过来结账。

"我去上洗手间。"我对岳林说完，站起身先到吧台把账结了，再去上洗手间。岳林左等右等见服务生没来结账，就到吧台去询问，吧台小姐告诉他，账已经结了。

等我回到座位，岳林嗔怪道："你怎么不声不响就去埋单？"

"谁买不是一样？更何况你大老远去接我，我请你是应该的。"

"你这不是见外吗？"

"不是见外，我去洗手间路过吧台，顺便埋个单而已。你也累了，我们回去吧。"

"好的，我送你先回自在居，我回公司还有点事要忙。"

"不能明天再忙吗？"

"明天公司开会，我要去准备。"

"哦，好的。"

他送我回到自在居，临别他笑着对我说："有个好消息，明天再告诉你。"

"什么好消息，不能现在告诉我吗？"

"还是等到明天吧，你好好休息，再见！"说完他迅速在我的额头吻了一下说："这叫出其不意。"我挥拳在他胸前轻轻一锤，算是对他出其不意的回应。

　　我虽然很好奇，但我不是一个好奇到必须缠住人家立即说出答案的人，既然人家现在不愿说，肯定有他不说的理由，所以，我笑眯眯地跟他说再见："我等你的好消息！"

15

高尚

回到家，我做的第一件事就是给庄蝶姐姐打电话，并向她致以新春祝福，她非常高兴，说她昨天就到岗了，今天已经召集各个部门的负责人开会，并告诉我，她已经升任公司总经理，台湾老板梁先生放心地把整个公司交给她打理。新年听到这么好的消息，我由衷为庄蝶姐姐高兴："祝贺姐姐高升，你太了不起了，这么年轻就当了总经理，我一定好好向姐姐学习。"

"你进步很快，你也会很快升职的，姐姐期待你的好消息，加油！"

"好，我一定努力加油。"

放下电话，我不由想到岳林，他说明天公司开会，又说有好消息要告诉我，是不是也是升职？我知道岳林升职是早晚的事，说不定他的职务年前就已经定下来，只等明天开会宣布了。只不过岳林这个人比较低调，理想不变成现实他是不会轻易说出来的。

第二天，我正在上班，果然接到岳林打来的电话，报告了他升任副总的消息，虽然对他的升职我早有预期，但听到他亲自打来电话，我还是抑制不住心中的欢喜。

接连两天收到我生命中两个这么重要的人升职的喜讯，我不禁感慨万千，庄蝶和岳林两个人的努力获得了上级的赏识，而且得到了回报。他们以高尚的人格和出色的业绩获得了属于他们的成功。

我正在感慨，又接到了岳林的电话，说他们公司晚上有个庆祝酒会，公司领导可以带家属或者恋人参加，问我是否愿意赏脸，我想都没想就答应了。作为一名记者，哪里有活动，就削尖了脑袋往哪里钻，希望得到意外的惊喜捞到"活鱼"，如果有人请，只要有时间，没有不答应的道理。

下午五点，岳林来办公楼接我，我问他是什么活动，他说："这是我们公司的传统，每年年终或者年初都要举行一个庆祝酒会，表彰那些为公司做出贡献的员工，如果有人升职，就要让升职者给大家分享成功的奥秘和喜悦，之后举行晚宴，一般全体员工都要参加、而中层以上员工的家属和受表彰的员工家属也要邀请参加，一是为了形成典型效应，让员工们学有榜样；二是增强公司凝聚力和归属感。"

"那么，今晚的主角是你！"

"是的，我的喜悦，最想让你分享，你能来，我很高兴。"

"问题是，我可不是你的家属，我们恋人的身份也没有公开，到时你怎么介绍我？"

"你对我们公司有贡献，你又是记者，就算不是我女朋友，你参加这个活动也很正常，所以，我首先会介绍，你是林记者，再强调，你是我女朋友。怎么样，这样介绍你满意吗？"

"好吧，既然我敢去参加你们的活动，随你怎么介绍。"

说话间，我们已经来到东源公司职工俱乐部，看到现场，很是热闹，大约十来个圆桌铺着红桌布，桌上碗碟酒杯都已经摆好，人们陆续到了，大家走到写有自己名字的席位坐下，我跟着岳林走到主席台下正中的位置，只见席位牌上写着"第一席"，是公司老总和几位副总及其家属的席位。席上已经有两对男女在那儿聊天，见我们到来，大家都起身打招呼，岳林首先向大家介绍："这是林湘楚，《南国时报》旗下《生活周刊》的记者，也是我的女朋友。"接着，岳林又一一向我介绍在座的几位："这个高个子叫何为，我们公司副总，他身边这位美丽优雅的女士叫李美如，何副总夫人，在一家服装杂志社当编辑，你们算是同行。"岳林介绍完这对夫妻，我脑子里自然而然蹦出一个词"天造地设"，他们不但外表极其相配，连举手投足也是那么协调，他们交流大概可以不用语言，只需一个眼神足矣。我与他们握手点头，似乎不用过多寒暄，一切都在不言中。

接着，岳林介绍另一对夫妻："这是我们公司财务总监，叫邓耀宗，我叫他师父，以后我会详细给你介绍的，他身边这位女士是邓总贤惠的妻子洪丽琴，也是我师娘。"这一对给我的感觉是极不般配，妻子有些发福，块头比丈夫还大，她嘴唇处还有一处明显的疤痕。但洪丽琴非常热情、声音洪亮，岳林介绍完，她就飞快地过来握住我的手久久不愿松开："林记者真是年轻漂亮，要是你不嫌弃，有时间就到我家去，我给你做好吃的，保证既营养又健康。"听妻子这么一说，她的丈夫立即附和："你师娘确实很能干，哪天去尝尝她的手艺，包你满意。"看他们真诚朴实的笑容，我感觉这是俗世里平凡而幸福的一对。

这时，罗总夫妇到了，我和罗总早就相互认识，自然不用介绍。罗总见到大家都到了，很高兴，他径直走向我，握住我的手："欢迎林记者加入我们这个大家庭。"接着介绍他的夫人："这是我老婆耿凤莲，是一位高中语文老师。"

我连忙向耿凤莲握手："耿老师好，认识您很高兴。"

"叫我嫂子吧，这样更亲热。"耿凤莲一句话就拉近了我们的距离，我甜甜地叫了一声嫂子，耿凤莲爽朗地笑了："这是我今天听到的最亲热的称呼。"

我们寒暄过后，参加聚会的人也到齐了。这时，主持人上场了。主持人是公司办公室的秘书，他虽然没有专业主持人那么口若悬河、随机应变，但还算大方自信，主持人宣布，罗总致辞，在一片热烈的掌声中，罗总走向讲台，他首先向大家致以新春的祝福，感谢大家一年的辛勤努力，并浓墨重彩地描述了过去一年公司所取得的成绩和在新的一年里公司的奋斗目标。他点名道姓表彰了一批为公司成长壮大做出突出贡献的先进典型。他的讲话很简短，大概只用了八九分钟，但非常鼓舞人心，赢得了一次又一次热烈的掌声。接着，大屏幕徐徐放下，主持人宣布播放 VCR，大屏幕上出现"榜样的力量"五个大字，刚才罗总表彰的先进典型依次列出，有年度优秀团队奖，优秀管理人员奖，销售标兵奖，特别贡献奖，十佳员工奖等，他们的事迹都经过精心制作，在大屏幕上播放出来，特别鼓舞人心，起到了非常好的宣传效果。

随后是颁奖仪式，上台颁奖的都是公司领导，上台领奖的，都满脸幸福与自豪。

最后轮到岳林上场了，当主持人宣布新提拔的公司副总岳林先生与大家分享他的成功经验时，全场响起雷鸣般的掌声，我强烈感觉到，那种掌声是热烈的，真诚的。

岳林上台讲话没有要讲稿，我有些担心，当着这么多人的面，万一紧张发挥不出来怎么办？

但岳林的表现很快打消了我的疑虑，他意气风发，侃侃而谈，语气又是那么诚恳，全场被他牢牢吸引：

"我是个非常幸运的人，我 5 年前来到江海找工作，那时因为眼高手低，一直没找到合适的工作，就在我穷困潦倒走投无路的时候，我幸运地遇见了罗总，他把我带到了公司，公司充满正能量的环境让我这个落魄之人感觉特别温暖和振奋，在我们公司，我学会了很多东西，最重要的是，我学会了怎么做人，怎么付出爱。我特别感谢罗总，是他在我最困难的时候帮助了我，把我带入了有着家人氛围的公司。但当我想对他表示感谢时，他总是说，努力工作，让自己有能力帮助那些需要帮助的人，就是对他最好的报答。我牢牢记住了罗总的话，从我工作的第一个月开始，我就把我收入的 5% 捐给贫困山区的留守儿童和需要帮助的人，而且这个比例随着我收入的增加一直在递增。另外，我来公司后，就跟着罗总加入了江海义工协会，每个星期都要利用休息时间去做义工，在帮助别人的同时，也纯净了自己，让自己变得包容，变得乐意付出，变得由衷快乐，变得受人欢迎，如果说我是成功的，这是我成功的第一个秘诀。其次，我工作特别努力，我和大多数员工一样，没有很好的家庭背景，父母都是地道的农民，也没有名牌大学毕业的学历，我是个专科生，学植物保护的，进公司后，我克服专业不对口的困难，从流水线上的一线工人做起，然后是做质检、维修、采购、文秘、助理、销售，我几乎把公司所有的工种都干了个遍。为了熟悉公司各种业务，我除了去做义工，几乎所有能用的时间都用在琢磨如何做好工作上。虽然辛苦些，但磨炼了我的意志，最重要的是，我熟悉了公司所有的流程，使我对业务这一块驾轻就熟，这是我成功的第二个秘诀。再次，就是我学会了感恩。有人问我为什么工作那么拼命，我虽然嘴上不说，可我心里明白，我把罗总当恩人，把公司当做自己的家，我不拼命工作怎么行呢？当然，我也把同事当恩人，因为我要做的每一件事，都离不开同事的配合与帮助。还有我也把客户当恩人，客户是我们的上帝，我会尽自己最大努力满足他们的需求，把服务做到家，与客户打交道做到诚心诚意，在为公司争取最大利益的同时，尽量满足客户的合理要求，这是我成功的第三个秘诀。其实，我说的这些所谓的秘诀，人人都能做到，就看你愿不愿意去做，如果你愿意去做，你也一定能取得成功。再次感恩罗总、感恩公司、感恩各位兄弟姐妹，感谢东源的家人们，谢谢大家！"

说完，岳林深深鞠躬，全场响起经久热烈的掌声。

我注意到，岳林向台下一路走来的时候，很多年轻人喊着他的名字，目光追随着他，有点像追星族追星的意味，事实上，岳林今天就是这家公司的明星。岳林很礼貌地向大家挥手，无数遍说着谢谢。

等岳林回到坐席坐定，主持人宣布："今天是我们岳总的好日子，也是我们公司的大喜事，下面我宣布，庆祝晚宴开始！"

这时，10 来个小伙托着装着菜的托盘，一字排开往各桌上菜，我从未见过的晚宴就在这样友好热烈的气氛中开始了。罗总带领何副总、邓总监和新提拔的岳林，代表公司领导层端着酒杯走向讲台向全场员工以及家属敬酒，大家都站起来响应，祝福声中，谁也不含糊，个个干了杯。接下来是大家把酒言欢，互致问好，觥筹交错中，岳林首当其冲，他要敬酒感谢大家的支持，大家要恭贺他荣升而敬他，不知道经过几轮推杯换盏，还算有些酒量的岳林终于招架不住，醉得一塌糊涂，宴席结束后，罗总派了几个公司中层干部护送岳林回家。大家七手八脚把他抬上床才散去，我谢过大家，也不放心回去，只好留下来照顾他。他翻来覆去吐了三次，我给他冲了蜂蜜水喝下，给他擦脸洗脚，但他睡得并不安稳，时不时要喝水，我坐在床边守着他，一边想着心事。

我其实很反对醉酒，但今天这种场合，岳林似乎非醉不可。那么多人真心诚意敬他的酒，的确无法拒绝。看着睡梦中的岳林，我感慨良多，他这么一个农家子弟，这么年轻就做了副总，无疑他是成功的。在他身上我似乎明白，其实一个人要取得成功，首先是做人的成功。我采访过不少成功人士，我发现，大凡成功者，在谈到成功时，很少谈"做事"，而都是在讲"做人"。一个人不管有多聪明，多能干，也不管其背景条件有多雄厚，倘若不懂得如何做人，那么他最终的结局肯定是失败的。事实上，岳林只是专科生，但他短短几年就成了企业里的高层管理人才。他成功的秘诀，正是做人成功的结果。

记得一个国学大师说过，一个人道德高尚，比文凭更重要，一个人学业上的缺陷并不会影响其一生，而人格、道德上的缺陷却可能贻害终生。做人是做事的基础，只有把人做好了，才能把事做好，这话不无道理……

不知过了多久，我迷迷糊糊睡着了，等我醒来时，发现自己趴在床边，身上盖了一件岳林平时穿的衣服，而岳林已经起床了。见我醒来，岳林走了过来："昨晚我醉了，多亏你照顾，早餐做好了，快过来吃吧。"

"几点了？"

"7点了。"

"你怎么起来做早餐了？喝醉了第二天会不舒服，应该我来做早餐。"

"我身体好恢复得快，已经没事了，你照顾我一晚上，我来照顾你吃早餐才对。"

岳林拉着我的手来到餐厅，只见桌上放着两碗面条，面条上面覆盖着两个黄澄澄的煎鸡蛋，看着热气腾腾的鸡蛋面，我感觉还真饿了，于是草草洗了把脸，吃着岳林亲手做的面条，感觉味道好极了。

吃完早餐，岳林顺路送我去上班，一路上看他意气风发的样子，我才真的放下心来。

追求

　　在来江海之前，我的记忆里自己似乎就没有出色过，从小成绩平平，整个小学和中学时代，都是在与安晨的对比中度过的，老妈望女成凤心切，老是希望我成绩拔尖，但越是这样，我越不争气，安晨的光环始终让我既羡慕向往又无法企及。他在很长时间里，主宰着我的灵魂，是我心里不折不扣的男神，我明白我深深地崇拜着他，可是当他那天拒绝我的示爱以后，我心里的痛只有我自己知道，但我在感情方面是一个善于解脱的女孩，不是我的，我不会勉强，所以，我在彷徨中接受了岳林的爱，慢慢地，我发现岳林才是那个最适合我的人，我真的爱上了他。可万万没有想到，当我认定岳林就是我今生的另一半时，安晨却对我展开了热烈的追求。

　　这天傍晚，我下班回到自在居，只见安晨的车停在门口，他见到我，就把一束红玫瑰送到我面前，我惊讶之余不知所措，他倒显得很大方，把花往我手里塞，然后笑着说："这是我第一次送玫瑰花给女孩，可见，你是我最看重的姑娘。"

　　"这……我不能要。"我打算把花挡回去，但他把花硬塞给了我，毕竟他是安晨，我不能让他太难堪，只好接住了他塞给我的花。我从来没看到安晨对我这么主动，也许是我以前仰视他惯了，他也习惯了我仰视他，所以，当他突然对我主动追求时，我真的很不适应。

　　"发什么愣啊，我大老远赶来看你，你不准备请我进屋坐会吗？"

　　我回过神来："哥哥来了，也不事先打个电话，我好买菜给你做好吃的。"

我边说边拿出钥匙开门，他说："我们把花插好就出去吃吧，自己做饭太辛苦了。"

如果是从前，我一定亲自下厨，给他做他最喜欢吃的酱牛肉，但今天这情形，似乎不大方便留他在家里，所以，我答应和他一起出去吃。

进了屋，他把花从我手里接过来放在桌上，就毫无征兆地一把抓住我的双肩，喃喃地说："湘湘，以前是我没有好好珍惜你，都是我反应迟钝，是我不好，请你原谅。我们双方父母特别希望我们在一起，我们青梅竹马，知根知底，我们在一起应该会幸福的，我们试着谈好不好？"

"可是……"

"别可是了，不就是有个傻小子在追求你吗？我跟他谈谈，他如果知道我们的情况，一定会知难而退的。"

这时，我的电话响了，我顺势挣脱安晨的双手，抓起手机一看，是值班编辑徐小岩打来的电话："林记者，你的那篇关于大气污染的稿子本来安排后天发的，但杨总说调到明天发，稿子还要修改，请你马上过来，杨总在等你。"

"好的，我马上过来。"徐小岩的这个电话打得太及时了，这是我摆脱当前困局的一个不错的选择，如果我不离开，不知道冲动下的安晨下一步还会怎么做。但安晨不是别人，他是我生命里特别重要的一个人，我知道，我曾经是真心想要嫁给他的，可是，目前情况下，我不知道怎么办，弄得不好不但会发生使人尴尬的事，而且以后也不好相处，所以，现在逃避是最好的选择。

"你要走？"安晨见我说要马上出去，似乎有些失望。

"你也听到了，是我们主编找我，我的稿子要提前发表，要我去修改。"

"既然是工作，那当然要认真对待，我送你。"

"谢谢哥哥。"

安晨把我送到报社，我让他自己去吃晚饭，他说等我加完班一起吃，但我拒绝了："我们加班，都是值班室统一安排送盒饭，而且我们加班不知道加到什么时候，所以，你千万不要等我，以后，我们一起吃饭的机会很多。"

听我这么一说，安晨同意了。

其实，我加班时间不到半小时，杨总只要求我核实了几个数据。此前，我对这篇报道已经修改了无数遍，只是这是一篇批评报道，杨总自然要慎重对待，各种数据都要仔细核对，措辞也要反复斟酌，不但要做到客观公正，也要防止日后招来麻烦。

岳林也在加班，他打来电话，说加完班一起吃饭，我以没时间为由拒绝了，我直接回了自在居，想一个人静一静。

我对今天安晨的举动毫无防备，那种滋味怪怪的，如果是从前，他这样对我我会被幸福淹没，可是，自从他毫不犹豫地拒绝我，失望之余，我就再没有对他抱任何幻想，更何况，我已经接受了岳林。可是，他这么一来，就把我的心搅乱了，如果他真爱我，我们这么多年形影相随，他为什么对我没有任何表示？就算他为了学习为了工作无暇考虑感情的事，为什么在我主动对他示爱时，他能那么毫不犹豫地说只把我当亲妹妹看待？难道他是受父母的影响才来追求我？对，一定是这样，他不爱我，但他是孝子，他最听父母的话，为了满足父母心愿，他才主动来追求我，我觉得自己的分析很正确。

但安晨毕竟是安晨，他曾经在我的心里刻下了深深的烙印，对于他的追求，我可以逃避，但我不知道我能不能从心里拒绝。

奇怪的是这几天并没有我想象的那样，安晨会继续主动来追我，这种事虽然我并不希望发生，但心里又似乎有些失落，他是太忙抽不开身还是根本就不在意我？

又到了周末，岳林出差了，我正想上街去给妈妈汇款，安晨突然出现在了我的自在居，他这次带来了一盆姬金鱼草，他把花放好后，对我说："今天哥有空，请你到美其林餐厅去好好吃一顿。"

"美其林是江海最高档的餐厅之一，到那儿去太破费了吧？"

"只要湘湘喜欢就好。"

这一次，安晨虽然送来了姬金鱼草，我明白他的用意，但他没有对我有暧昧的举动，我也像妹妹对哥哥那样待见，貌似放松了许多。

于是，我们出发去往位于西山的美其林餐厅，汽车在柏油马路上行驶了 40 分钟，我们进入了一片种着一大片桂花树的度假村，这里郁郁葱葱，流水潺潺，空气里飘溢着桂花的芳香，打开车窗，看着一排排开满白色小花朵的桂树，我忍不住深呼吸了几口。在喧嚣的都市里惯了，来到这样一个所在，真让人有时空穿越到世外桃源的感觉。

绿树掩映下的美其林餐厅，前门部分是圆形，后面是扇形，内部装修极尽豪华，却是英伦格调。

"难道这是英国人开的餐厅？"我好奇地问。

"不，是一个香港人开的，生意非常好。"安晨笑着回答。

我们在服务生引导下，选了一间靠窗的雅座，坐定后，我问安晨："这么好的地方你怎么知道的？"

"是我一个经商的同学带我来过两次，我觉得这里环境不错，就带你来体验一下。"

这时，服务小姐送来了茶水和菜单，她向我们介绍，这里中餐西餐随便点，特别是海鲜做得很有特色。

安晨说："我们来吃了两次，一次吃了西餐，一次吃了海鲜，感觉海鲜更好吃。"

"那就吃海鲜吧，我虽然到江海快两年了，但没有真正吃过这里的海鲜餐，今天有哥哥请客，我就大饱一顿口福。"

"好，湘湘说了算，就吃海鲜。"安晨附和道。

安晨点了两个海鲜拼盘，两杯威士忌，两块巧克力蛋糕，然后付了账。

一个海鲜拼盘，里面包括了2只美味的阿拉斯加帝王蟹，6个新鲜牡蛎，6个贻贝，6只小虾，1只龙虾和1份绿色沙拉。海鲜放在一个椭圆形白色瓷盘里，看上去非常精致，食材新鲜，香气四溢，我馋得口水直流，但我不知道从哪里下手，安晨拿起帝王蟹剥开外壳，送到我面前，我迫不及待地咬了一口，味道果然一流。

　　安晨见我吃得高兴，满心欢喜地把另一只帝王蟹剥给我，我连忙推让："哥哥吃吧，我自己来。"

　　"那好，慢慢品尝，我们边吃边聊。"

　　"好啊，哥哥最近忙什么？"我先发问。

　　"我们正在为财务制度改革做准备，所以，比较忙。你呢，想必也很忙吧？"

　　"我反正每天做选题，搞采访，写稿子，任务压头，连做梦都在想好的选题，有时睡在床上，想到一个新闻细节，或一句自认为画龙点睛的话语，都得赶忙爬起来写上，生怕睡一觉就忘记了，没办法，要把每篇稿子写得尽量让读者满意，不努力哪行！"

　　"妹妹辛苦了，要注意身体，来，吃龙虾。"

　　这时，一个穿着蓝色制服、帅帅的调酒师用托盘端来两只波士顿杯，他分别倒入半杯威士忌，又加入几个冰块，然后说"请慢用。"就微笑着退出去。

　　安晨端起杯子跟我碰杯："来，我们喝一口。"

　　看到那个帅哥往杯子里放冰块，我本打算阻止，因为我一般不吃冰凉的东西，但调酒师放冰块时并没有征求顾客的意见，说明是必须放的吧，威士忌这东西我没有喝过，我也不好问，倒不是怕安晨笑话我没见过世面，实在是出于好奇，想等品尝后再说，所以我没有吱声，我想，万一不好喝大不了不喝。

　　"湘湘在想什么呢？"安晨跟我碰杯，我才回过神来

　　"好，谢谢哥哥。"我端起杯抿了一口威士忌，没想到当舌尖被威士忌的醇美感觉和冰块的丝丝凉意包围的时候，这份享受可称为极致。

"真好喝。"我由衷赞叹。

"是吗?"安晨见我吃得高兴,自然开心。

"我回敬哥哥。"

安晨端起杯看着我:"看来我今天带你来这里是来对了。"

"有哥哥真好,你以前可从来没这份雅兴。"

"以前我脑子里只有工作和学习,而且一定要争第一,所以,总感觉没时间。"

"那以后呢?"

"我的工作性质不允许我太张扬,可能来这种地方的机会很有限。"

"我理解哥哥。以后你想吃什么,妹妹给你做。"我对安晨,真的有种亲人的感觉。

"好,谢谢湘湘。"

这时,刚蒸好的巧克力蛋糕服务生也端上来了,这种绵柔醇香松软的蛋糕,也为这次午餐增色不少。第一次享受这样的特色午餐,真的很难忘。

奇怪的是,今天安晨始终没有提让我为难的问题,也许是我上次挣脱他的双手让他不敢造次,或者,他认为既然送了姬金鱼草给我,就什么都不用说。

看着安晨,我有一种温暖的亲切感,却没有那种灵魂撞击心灵颤动的感觉,我们谈话的内容也无非是工作学习,似乎想找个话题都费神,不像和岳林那样信天游似的想说什么就说什么,总有说不完的话,即使什么也不说,也没有任何不舒服的感觉,我心里很明白,我真正爱的是岳林,今生我与安晨注定只有兄妹缘。

但我怎么跟他说才不伤害他呢?我一时想不出办法。

既然他不说,我就装傻,可能这是我目前唯一能做的。

吃饱喝足后,安晨问我还想到哪里去玩,我说还要赶稿子,安晨也不多说,默默把我送回家。

节俭

　　岳林出差回来，财务总监邓耀宗说在家设宴给他接风洗尘，还邀请我也参加。邓耀宗在东源公司年龄最大，五十多岁了，但身体很好，人很精神，看上去比实际年龄年轻许多，他是和罗总一起出来打拼的公司元老，为人厚道，待人真诚，很受人尊敬。他对岳林很欣赏，岳林更是待他如父辈，有不懂的问题总是虚心向他请教，他也毫无保留地加以指点，一来二去，岳林称他师父，称洪丽琴为师娘。邓总监有个儿子大学毕业已经参加工作，在广州一家企业做软件设计，收入可观。他的夫人洪丽琴开了一家日用百货店，生意红火，他们家条件很不错，但他们夫妇一定要把我们请到家，并亲自下厨，以示重视。我与洪丽琴虽然只见过一面，但她的朴实热情给我留下了很深的印象。

　　这天傍晚，我和岳林买了两瓶白酒和一篮水果，如约来到邓总监家，邓总两口子到门口迎接，还是那么热情，让人有到家的感觉。

　　洪丽琴帮我们倒上茶，就嘱咐丈夫陪客，她自己下厨去了。我注意到，这是一套大约130平方米的三室一厅普通住宅，收拾得一尘不染，特别吸引眼球的，是他家阳台上、窗台上、茶几上都用洗衣液瓶、油瓶、可乐瓶种满了各种花草，特别是阳台，简直是一个百花园，名目繁多的各种花草生机勃勃，布局参差有序，错落有致。最让人不可思议的是，那些洗衣液瓶，油瓶、可乐瓶就像是精雕细刻的艺术品，形状各异，造型精致，颜色绚丽，煞是好看，邓总见我好奇，就得意地告诉我，他平时喜欢有创意的东西，有空的时候，就喜欢利用废料自己搞点小制作，陶冶情操，美化生活。

"这些花瓶这么精致漂亮，都是怎么制作而成的呢？"我好奇又羡慕。

"很简单，一把美工刀，一根细铁丝，把洗衣液瓶或油瓶、可乐瓶洗干净，然后用刀修型，要什么形状就修成什么形状，铁丝烧红，然后在瓶子上面烫圆洞，控制好铁丝的温度，可一次在瓶子上烫几十个洞，当然，烫洞也要事先画好标记，不能乱烫。如果觉得透明的瓶子不好看，我会去喷漆店，捡点人家剩余的涂料涂上颜色，然后放进泥土，就可以种各种花草，还可以种菜，这样不但变废为宝，又美化家园，还让我的业余生活充实，不亦乐乎。"

我听得入了迷，都说高手在民间，真是一点也不假，一些用过的瓶瓶罐罐，一般都是当垃圾丢弃，但在邓总手里，这些生活垃圾竟然变得如此美好，真让人不可思议。

想到废物利用这么神奇，我突然想到了"节俭"这个话题，中央提出加快建设节约型社会战略，我们最近正在策划关于家庭节俭的选题，于是我问邓总："你们家除了废物利用，还有其他节俭措施吗？"

邓总得意地说："这个问题你去问你师娘吧，她这方面有很多心得。"

"那你们两个聊，我去厨房看看师娘。"

"师娘非常贤惠，你好好向她学习哦。"岳林微笑着叮嘱我。

"好的，我去了。"

来到厨房，洪丽琴正在洗萝卜菜。

"师娘我来帮您吧，顺便向您学习做菜。"

"不用帮忙，我一会儿就弄好了，你去休息吧。"

"哎呀，真香，是什么好吃的东西这么香？"

"是靓汤的香味，这是我精心调制的羊鸡煲汤，是用正宗的清远鸡、老山羊、清补中药材老火煲制而成，你们每天工作这么累，该给你们好好补补。"

"师娘真好，我亲妈也没您这么心疼我，太感谢了。"

"看你说的，不过是给你们煲个汤，不用谢。"

"师娘不要弄得太复杂，其实炒两个小菜就可以了，不然我过意不去。"

"不复杂，就三菜一汤，我向来主张节俭，不会浪费，你放心吧。"

说话间，她给我看正在小火慢炖的羊鸡中药靓汤，清蒸黄花鱼，南瓜豆豉酿排骨，还有就是正准备做的萝卜菜煮芋头。

"你看，这是我和老邓亲手种的萝卜菜，安全环保，吃着放心。"

说话间，我看到师娘把洗菜的水倒在一个塑料桶里，而不是把洗菜水直接倒进厨房下水管。

"师娘这些水还要用吗?"

"是的，这水用来冲厕所，直接倒掉是浪费。洗衣服的水我也会用盆装好，用来拖地板。"

"师娘，水又不贵，用得着这么节约吗? 您这么做很麻烦呢。"

"生命在于运动，麻烦个啥? 再说，水虽然不贵，但并不是取之不尽用之不竭的资源，何况我们国家是个严重缺水的国家，节约用水人人有责。而且，勤俭持家是我们老邓家的传统，也是我们的家风，我们觉得节俭是一种美德，我公公虽然是个中学语文教师，但学问深着呢，他常常教育邓家人'一粥一饭当思来之不易，一针一线恒念物力维艰'。公公身体力行节俭之风，所以，我们家养成了节俭的习惯。"

师娘的话引起了我极大的兴趣，我想了解更多关于家庭节俭的经验，于是我又问师娘："你们家养成了哪些节俭的习惯，我学学。"

这下师娘干脆停下手中的活跟我聊："比如我家做饭，很少有剩饭，每餐每个人的饭量都是恒定的，所以，我一餐煮多少米，都有定数，往往每餐我们都吃得一粒不剩，吃菜也是一样，荤素搭配，在保证营养的基础上，分量不多，一般都是光盘。还有，我出门购买日用品都用布袋，你看，这都是我用旧衣服改的。"她指着挂在墙上的蓝花布袋说。

"原来师娘这么会持家呀，佩服您!"我对洪丽琴竖起大拇指。她爽朗地笑了。

"在节约用电方面，您有什么好的建议?"我又抛出了一个节俭的重点话题。

"这你问对人了，我节约用电的体会很多，都是我一点一滴摸索出来的，我都有记录。"她指着冰箱对我说:"冰箱里不能放太多东西，也不能放得太少，另外尽量减少开冰箱的次数和时间，我每天开冰箱不会超过三次，每餐要用的东西要有计划，一次拿出来，不要这时拿一样，等会又拿一样，冰箱开多了自然耗电。"

"哦，还有这种说法，那其他电器怎么节省用电?"

"现在人们电脑用得多，为了省事，有些人打开电脑从早到晚都不关，当然费电，还有电脑关机最好断开电源。电视机尽量不要使用待机，看的时候音量也不要太大。晚上太晚尽量不要洗头，白天洗头可以不使用电吹风，让头发自然风干，这样既保护了头发也省了电。平时多开门开窗使房间空气流通，夏天尽量不用开空调，原则上我家能用扇子不开风扇，能开风扇不用空调。用气灶烧水而不用电热水壶，好喝，卫生，还省电。能手洗的衣服就不要用洗衣机，节电的同时还保护了衣物，还顺带着节了水，没有客人的时候房间里就开一盏小灯，不影响看书就行，既温馨浪漫也经济，你说呢?"

"哎呀，师娘，你真伟大，你家这么殷实富足还想尽办法节约，你家的家风应该传扬出去，你家节俭的事迹应该宣传出去，让更多的家庭加入到勤俭持家的行列，这样才能形成一种风气，这是利国利民的大好事。"

"这个我不怕露脸，我还到社区去做义务宣传员呢，可惜效果不是很好，有的人认为不差那几个钱，嫌麻烦，图舒服，反正就尽情地享受，尤其是年轻人，根本没有节俭的意识，如果你能宣传勤俭节约，我一百个赞成，这也是我的心愿。"

"你放心吧，您的事迹会感动很多人的，首先，我就被您深深感动了，我今天收获真的太大了，谢谢师娘。"

"不用谢，我做好这个菜就等着开饭了，你去休息吧。"

"我不用休息，我帮您摆碗筷、端菜。"

师娘拗不过我，就把碗筷递给我，让我帮忙摆放到餐桌上，不一会，她就把最后一个菜炒好端上桌，邓师父拿出自酿的米酒招待我们，师娘给大家每人盛了一碗羊鸡靓汤，我从来没喝过这么好喝的汤，食材新鲜，虽然有羊肉，但没有一点羊膻味，只有淡淡的药香，汤呈乳白色，鲜美无比。其他几个菜也独具风味，分量也刚刚好，我们吃得很开心。

对邓师父夫妇的热情诚恳，我们无限感谢，对他们简单健康、幸福平凡的生活，更是无比羡慕，他们没有郎才女貌，没有你侬我侬的浪漫，但他们有良好的家风，有共同的价值观和志趣爱好，他们生活得充实美好，这似乎才是真正的过日子。

18

成长

    我的师傅于阳在很多场合都说过，我是块做记者的好料，所以，他说我会前途无量。我自己也感觉，干这一行越来越得心应手，我已经连续五个月在本刊记者月度考核中名列前三，有一个月还得了第一，我发表了十六篇头版头条，超过了我的师傅于阳。而师傅以他宽阔的胸襟，不但没有为此感到没面子，还真诚地为我高兴和祝福，他说，青出于蓝而胜于蓝，这让他感到很有成就感。我又一次感慨我的运气好，遇到这么好的领路人。

    涂刚三个月前受同学之邀跳槽到一家知名网站当编辑，陶涛似乎工作总无起色，去了一个老乡开的公司当文案，生活周刊又新招了四名记者。

    到了十月，报社班子调整，杨杰升任《南国时报》副社长，《生活周刊》由于阳任主编，意想不到的是，我竟然被破格提拔为生活周刊新闻部主任，这毫无征兆的升职，让我既兴奋，又深感责任重大。兴奋的是，在这个犹如战场的岗位，我努力坚守着，终于用实力证明了自己的成长。另一方面，在这个永远需要用实力说话的岗位，我一刻也不能松懈，也深感压力巨大，唯有再接再厉，不断努力，才能让自己不断成长，也才能对得起对我信任、给我舞台的"伯乐"。

    在生活周刊送别杨杰的座谈会上，出乎所有人预料，她的告别演说比较简短，感谢大家支持的客套话也一笔带过，却对每一名职员进行了详细点评，杨杰是一个实在人，工作责任感强，待人热情诚恳，她的与众不同在于，在她荣升最值得庆祝的场合，她不说过多的客套话、空话，而是用心点评大家在做人和工作中的长处与不足，并提出今后努力的方向，就是希望对大家有所帮助，希望大家在今后的人生中能扬长避短，不断进步，不断成长。

大家对杨杰的点评听得很认真，而我拿出笔记本，对她说的每一句话都进行了记录，我想，杨杰在周刊部工作时间长，对人了解，而且她评价人客观公正，记录下她的评价，对我今后的工作可以起到事半功倍的效果。

当杨杰点评到我的时候，大家似乎屏住了呼吸，静得连地上掉一根针也能听到，我感觉到，大家都想听到杨杰对我的评价。杨杰清了清嗓子说："我最后来点评一下林湘楚，我对她要多说几句，因为她是我们生活周刊成长最快的一个。她这次能得到报社领导的肯定，被破格提拔，是她努力的结果，我们报社不重文凭，不看亲疏，只看实力。湘楚其实在我们生活周刊算个新人，来新闻周刊只有两年多，她没有名牌大学毕业的背景，她也不是那种冰雪聪明的姑娘，但她每天都在成长，这首先得益于她做人的成功，她能吃苦，肯付出，不计较，不服输、乐助人、懂感恩，无论对谁，她都真诚相待，心怀善意，她尤其乐于为大家服务，我相信，我们生活周刊的每一位员工都得到过她的无私付出从而享受到她的服务带来的便利。她有空就去做义工，帮助有困难的人，所以，她人脉广，新闻线索也多，她总爱说她运气好，其实，运气这东西要靠自己去把握，说白了，与会不会做人有关，有人说，你帮助了多少人，就有多少人帮助你，这是很有道理的，人生就像一面镜子，你对它笑，它也会对你笑，你对它哭，它也会对你哭，这也是很有哲理的，所以，如果你不如意，你不成功，首先在自己身上找找原因，不要怨天尤人。其次，我想说说湘楚在业务上的成长，是的，她文字功底不深厚，不是新闻专业毕业，刚来的时候，写的几十篇稿子都被"枪毙"，她也有不自信的时候，但她没有放弃，当与她一起招聘来的其余三人都因为压力大吃不了苦而另谋高就时，只有她选择了坚守，她不懂就虚心请教，不辞辛苦拜访报社前辈，向比自己年纪小的编辑记者学习，每天加班加点找选题、跑新闻现场。除了爱学习，她还爱观察、爱思考，锻炼了自己很强的新闻敏感性，她善于在平常生活中捕捉新闻热点，善于挖掘新闻细节，而且新闻题材以小见大，一件看似平常的小事能折射出时代主题，她写出的新闻稿形成了清新细腻朴实的独特风格，老百姓喜闻乐见。她把压力当作动力，把工作当作乐趣，所以，她越来越喜欢新闻工作。兴趣是最好的老师，如果你喜欢玩游戏，喜欢打麻将，那么，你的青春就不知不觉被游戏卷走，被麻将吞噬，如果你把工作当作乐趣，你就会成就你的梦想，在实现中国梦的伟大构想中奉献出你的一份力量。"

杨杰一口气说了我这么多好话，让我非常感动，接着，她目光转向我，继续说："现在，湘楚已经在江海小有名气，而且又升职了，我希望你再接再厉，尽快适应角色转换，处处起表率作用，努力锻炼自己的领导才能，用更加敏锐的视角观察思考问题，把好新闻导向关，在新的岗位上再创佳绩。"

我起身向杨杰鞠躬，感谢她的关心培养和鼓励，表示绝不会辜负她的期望。

杨杰讲话结束后，大家报以热烈的掌声，感觉这不是一个告别座谈会，而是听了一堂精彩的点评课，受益匪浅。

于阳在杨杰讲话完毕后，也做了一番就职演说，他说："在杨杰主编的带领下，经全体同仁的不懈努力，我们生活周刊一年上一个新台阶，创造了一个又一个新辉煌，取得了巨大成就，生活周刊在今天的江海乃至大半个中国有着越来越大的影响。它一直致力于关注百姓生活、反映百姓心声，这是最基本的理念。我们要沿着既往的新闻理念去传承，未来还要去发扬光大，任务是艰巨的，面对挑战，我们必须团结合作，齐心协力。

"担任生活周刊主编，对我来讲是前所未有的挑战，我觉得当下最重要的，是要保持一种做新闻的激情，我知道工作会很辛苦，责任会很大，但我有思想准备。我要强调的是，生活周刊是大家的，新闻周刊对未来江海乃至中国社会的发展进步是有使命的，对老百姓生活的影响也是很大的，大家作为一个新闻人有责任把它做得更好。今天，我们因为工作的需要，来到了这里。但这不意味着一劳永逸，包括我，能否胜任眼下的工作，需要用事实去证明，我对大家和对我自己充满信心，同时，我的要求也会很高，希望大家自觉遵守职业道德，努力提高业务水平，在各自的岗位上尽职尽责，这是对各位的要求，也是对我自己的要求，我会从我做起，希望大家监督。谢谢大家！"

　　于阳的就职演说很简短，但掷地有声，给人干脆利落之感，我相信，他会有能力、有魄力把生活周刊办得更出彩。

创新

新官上任三把火，于阳上任后，对《生活周刊》进行了大胆的改革创新，在传承生活周刊"敢为人先，勇于创新"的传统基础上，以"活力创新、团队制胜"精神为引导，创新传播形式和内容，增强经营活力，牢牢把握了市场竞争的主动权。

于阳在第一次采编会上就做了动员，他说："我们周刊要办得更好需要我们整个团队齐心协力，一个人或几个人的努力是加法，一个团队的努力是乘法，所以，我们每个人的潜能都要发挥出来。"他上任的第一个举措就是对周刊进行改版，由原来的八版改为十二版，并让周刊告别黑白面孔，迈进彩报时代。其次，是对刊载内容进行调整，他认为，一个好的媒体必然是以内容为先、内容为王，否则，就无法得到读者喜爱，更无法应对激烈的媒体竞争。尤其在新媒体发展非常迅速的时代，传统纸媒要保持自己的优势，在竞争中取胜，首先要创新传播内容。新媒体的特点是传播迅速，信息量大，传统媒体的优势在于可信性和权威性高，生活周刊应该根据这种特点定位传播内容，树立严谨权威的形象。他提出让民生新闻唱主角，以民生视觉做新闻的观点。他说，让民生新闻唱主角，就是在报纸版面上，把报道的主体让位给老百姓，关注民情、民心、民意，报道百姓的所思、所需、所急、所难，用老百姓喜闻乐见的形式，让报纸讲述老百姓自己的故事。以民生视觉做新闻，就是要确立百姓本位的思想，强调百姓视觉、群众语言，将笔触伸向平民生活。比如在重要会议、重大活动、重大主题报道中，努力从老百姓的利益点、关注点、兴奋点中去挖掘和体现新闻角度；在社会新闻处理上，要力避就事论事，而要以案说法，并请专家点评个案，让广大读者在具体个案中，吸取教训，丰富人生经验。

于阳还提出，创新传播内容，必须实施栏目带动，从积极培育品牌栏目、品牌版面以及名记者、名编辑入手，带动传播内容的创新与优化。针对大众媒体分众阅读趋势，就要提供更精细化服务专刊，他首先提议将原来生活消费类行业专刊进行改版、扩版和品牌宣传。他还提议开设几个全新栏目，比如《记者在一线》栏目，这个栏目围绕公安、城管、医院以及工商、供电、供水、交通等窗口单位的工作，定期选派记者深入蹲点，记者通过蹲点体验，每天采写一篇鲜活的新闻，采写的新闻放在固定位置，并配以短评，突出处理。这一栏目刊发的稿件，记者以体验方式采写，既有很强的时效性，又有很强的现场感，还有很强的故事性，可读、耐看，读者定会喜闻乐见。还可以开设以帮助群众解读政策为主旨的《答疑解惑》栏目，以关注弱势群体为主旨的《大爱无疆》栏目等，他还鼓励编辑记者开设以个人命名的个性化栏目，并做成生活周刊的品牌栏目。他自己以身作则，开设了《于阳杂谈》，通过对时政与社会热点话题、热点现象进行评论，针砭时弊，激浊扬清，体现周刊的立场、观点和思考。而我，开设了《湘楚说新闻》栏目，通过生活化、群众化的语言，把社会生活方方面面的新闻故事告诉读者。事实上，于阳提出的这些栏目，开办半年就取得了经营上的突破，不仅老百姓喜闻乐见，上级主管部门认可，广告商更是青睐有加。

除了对传播内容和栏目进行大刀阔斧的改革，于阳也格外重视在文本风格上的改革创新。于阳认为，我们要做出与众不同的媒体，在写作上也要有更严格的要求，我们的新闻要做到比其他同类媒体写得"更有吸引力"。针对生活周刊新闻部一线编辑记者平均年龄不到30岁，思想活跃，创造力强的特点，于阳提出在写作上尊重记者个性、鼓励大胆创新，并开设《记者观察》栏目作为试验地。这一举措增强了记者尝试采取不同风格进行新闻写作的积极性。于阳说，记者发表的文章，即使不署名字，读者光看稿子就能知道是谁写的，这就形成了各自的文本风格。这就要求记者选材及观察角度独特、强调新闻事件的故事性、在尊重人性及新闻真实性的基础上刻画细节、做到文笔优美、文学色彩浓厚等。这一举措推出后，成就了一批有影响的记者，发表了一批有影响的文章，在社会上引起广泛关注。

另外，于阳也强调了加强策划的重要性。他认为新闻策划是提高报纸水平的一个重要抓手，也是创新传播手段，提高传播效果的一个重要途径。生活周刊要围绕人民群众关注的热点、难点问题以及服务需求，积极主动介入重大主题报道、社会热点报道和大型公益性、服务性活动的策划。通过策划，力求使报道和活动达到受众关注度最高、社会影响最大、传播效益最佳的效果。

生活周刊的"创新"之风，在于阳的大力推动下，迅速在广大编辑记者中形成一股合力。不管是上班还是下班，大家都在想着怎样推陈出新。创新与合作，已经是生活周刊整体乃至每个部门、每个员工深入人心的意识，不管是采编、广告、发行、印刷、网站、还是品牌策划，每个部门每个人都充分发挥了各自优势，并在优势要素的整合过程中，打造出了整体更强的核心竞争力，掌握了市场竞争的主动权，短短数月，生活周刊的销量创造了近五年新高，广告收入增长了 22%。

济困

　　我升职的消息刚在我的亲人和朋友圈公布，又传来张品创办专为上访人员义务提供法律服务的民办机构——江海市信访法律服务中心的消息。举行揭牌仪式那天，我前来祝贺，顺便采访。上午9点，信访法律服务中心挂牌仪式将举行，我8点半赶到了现场，除了张品和他的合作伙伴，因为是周末，庄蝶姐姐也来帮忙，江海律师协会的同行也来祝贺，围观的群众也不少。随后江海市政法委、司法局、信访局的领导竟然也来了。

　　离挂牌仪式还有20多分钟，我跟张品和庄蝶打个招呼："挂牌还没开始，我随便看看，你们招呼来客。"张品说："我让李律师陪你，你随意看。"我便在一个姓李的年轻律师的陪同下走进张品所在的浩然律师事务所参观，浩然律师事务所设在二楼，走进大厅，一张申请法律援助的流程图显得格外醒目。图表显示，只要符合经济困难条件的江海本地人以及来江海务农、务工，创业人员均可到所里申请免费法律援助。我问李律师："来事务所申请免费法律援助的多吗？"

　　小李回答："开始很少，现在我们加大宣传力度，来所咨询的越来越多。"

　　"你能具体介绍一下吗？"

　　"张品从事律师工作多年，是江海市人大代表，也是市劳动模范，去年还被评为全市'十佳律师'，他勤勉刻苦、坚守职责、扶危济困，很受老百姓欢迎。他牵头开办律师事务所六年来，无偿帮助困难职工、弱势群体维权100余件，代理类似纠纷200余件，累计为几千名农民工及弱势群体讨回逾千万元的拖欠工资和赔偿补偿款，这些事迹都有媒体来报道过。"

"你们长期致力于无偿服务、法律援助，你们怎么赚钱？"这是我非常想知道的问题。

小李回答："我们做法律援助，是帮助那些弱势群体，我们这样做，的确是费时费力又费钱，但与此同时，我们律师事务所知名度越来越高，我们各种经济业务也非常繁忙。"

小李正说着，外面有人来喊小李揭牌仪式马上开始了，我和小李于是下楼。

"江海市信访法律服务中心"就设在浩然律师事务所下面的一楼，这一楼原来是一个文具店，在市司法局协调下，文具店搬迁到市一中对面的门面，这样文具店老板满意，也为张品他们创办江海市信访法律服务中心提供了场地。

在揭牌仪式上，张品对创办信访法律服务中心的目的、意义进行了简单介绍，对市政法委、市司法局领导的关心重视和市律师协会的支持进行了感谢，市政法委书记王东海讲了话，最后王东海和市信访局局长张峰为"江海市信访法律服务中心"揭牌，活动进行得很顺利。

除了真心祝贺，对于张品为什么要创办义务提供法律服务的"信访法律服务中心"，是我非常想了解的问题，我相信，这是件很有意义的事，因为群众无论大事小事动不动就上访是令政府部门很头疼的事情，近年来还产生了上访"专业户"，越级上访、群访事件时有发生，这些上访人员经过长期摸索，总结出了经验，就是上访的人越多，越往上级上访，地方越重视，所以他们是逢中央、国务院召开重大会议，或国家举行重大活动时，就成群结队往北京跑，弄得京城信访部门人满为患，地方政府部门不得不派人上京截访。我们报社的群工部每天也都要接待大量的上访群众，作为媒体，我们除了少部分案件可以曝光，主要是做当事人的工作，督促当地政府解决，其实作用是有限的。因为很多案件必须通过法律途径解决，可是，上访群众宁可长期上访也不愿走法律程序，只是问题长期得不到解决，既让群众费时费力又费钱，也让政府部门很头痛。张品这一举动既方便群众，又给政府分忧。

看张品忙碌，我就跟庄蝶姐姐侧面了解情况，庄蝶知道我的职业习惯，也就对我知无不言："张品是个非常爱思考的人，由于常年从事法律工作，他对一些矛盾、纠纷的产生有自己独到的见解，他认为出现矛盾不可怕，重要的是，作为法律工作者，就要从法律的视角探讨发展中出现的问题，依法有序帮助当事人化解矛盾。"她还跟我举了个例子："差不多两年前，陆平县一业主找到张品进行咨询，最终，他信任了张品，把信'访'变成了信'法'，委托张品提供法律帮助，使一起令当事人痛不欲生的信访案件得到源头控制。"

庄蝶说的这个案件很典型，我了解过，当时，正是我刚到江海的时候，由于我箱子被盗一无所有，被热情的庄蝶带到她家，记得那天庄蝶特意把男朋友张品叫回来吃晚饭，不料还没开始吃就被人打电话叫走，后来得知，当时就是这名业主求助于他，这名求助者叫李柱，他在陆平县购买了房屋，价值50多万元，但开发商由于资金链断裂，一房两卖，损害了这个业主的权益。李柱是个小商贩，他把全部身家都用来买房，结果房子没买到、钱也没拿到，于是就闹着上访。张品接手后与当地政府积极协调，通过走诉讼渠道，帮助业主保护了资金安全，平息了这起事件。

我们生活周刊当时也派人采访了这起案件，我是通过看当期报纸了解情况的，报道中有这么一段，这名叫李柱的业主对记者说："以前我没有接触过律师，对律师的认识都是来源于影视作品，觉得律师并不是正义的人，他们会用法律的漏洞去帮有罪的坏人脱罪。但朋友介绍我找张律师，说他扶危济困，是个好人，我才打电话找他，果然，我一打他电话他就赶来见我，对我提供无偿援助，我现在明白，律师真的是能帮助弱势群体解决困难的人，是能保护我们普通老百姓合法权益的人。"

等张品送走政法委、司法局及律师协会的领导和同仁，就接受了我的采访："你是怎么想到要创办为信访群众义务提供法律服务的机构的？"

张品说："如何解决群众群访问题，如何通过公正司法维护社会稳定，是我近年来一直在思考的问题，多年来，我以人大代表的身份提出了'成立信访法律服务中心，协助党委和政府化解信访矛盾'的维稳建议，详细阐述了创新社会管理方式，利用法律资源，变'堵'为'疏'，引导上访群众依法有序维护合法权益，促进社会和谐的思路，引起江海市委、市政府的高度重视。今年11月，得到上级主管部门重视，我提出的创办专为上访群众义务提供法律服务的民办机构——江海市信访法律服务中心的建议被批准。这不，半个月就办好了相关手续，我的法律服务中心挂牌成立了。对我和我的团队来说，这是一个充满纪念意义的日子。"

"这件事的确很有意义，值得推广，但上访群体是一个经济基础薄弱的群体，免费法律服务怎么解决经费和人手不足的问题呢？"

"一个人的力量是渺小的，为了扩大法律服务范围，提高服务质量，工作之余，我已经组建一支法律服务志愿者团队。通过多种平台，吸纳了越来越多的律师及有志人士参与。我们只想通过自己的努力，为这个群体送上一道法律的护身符。"

张品喝了一口茶，继续说"至于经费，由于我们开展公益维权工作成效显著，在群众中颇有口碑，得到了政府有关部门的支持，我们为上访群众维权办案时的交通、打印文本等费用，由江海市司法局、信访局提供支持，我们的工作得到了社会的认可和有关部门的信任，这给我们从事公益事业注入了信心和动力，我们决心走出一条公益服务品牌化的路子。"

"下一步你们打算怎么开展这项工作?"我问道。

"为了让更多的上访群众知道这个法律服务中心，引导他们通过法律的途径表达诉求维护权益，我们打算组织志愿者团队深入各大区（县）农村、社区、工厂进行普法宣传，免费发放法律读物，还准备开通上访群众法律维权热线，以群众喜闻乐见的形式开展一系列内容丰富的普法活动，我们要通过我们的努力，激起广大群众对法律的认知和信仰。"

"据说，现在法律援助案件，很多律师都抢着接，你怎么理解这种现象？

"这当然是种好现象，公益维权这条路是有动力的，当然，也会是艰辛的，就我自己而言，这种行为本身显露出一种爱与忠诚的情怀，那就是对法律的忠诚和对弱势群体的爱。"

采访完张品，我心中充满了感慨，如果，弱势群体的基本权益得不到维护，社会就难以和谐，如果，多一些像张品这样的有识之士，向弱势群体提供人道的关怀、社会的温暖，就可以使弱势群体看到光明，这就是张品做法律援助的意义所在。

善良

　　奶奶因从楼梯上摔倒，造成胫骨骨折，住进了医院，我请假回了一趟家看望奶奶。在奶奶动了手术无大碍后，老爸老妈就催促我快回去上班，要我以工作为重，说奶奶有他们照顾，让我尽管放心。奶奶虽然没有读过什么书，但懂得忠孝不能两全的道理，虽有千万不舍，还是催促我回去上班，不要耽误了工作。家人不指望我出人头地光宗耀祖，但希望我不耽误公事，在单位不拖后腿。

　　在亲人的催促下，我准备返程，走前去看望了安晨的父母，他们对我永远是那么亲热，还特别问及我和安晨谈得怎么样了？并絮叨着最好早点结婚，他们等着抱孙子，我不忍拂了长辈这片热切的心愿，又不能撒谎说我们在谈，只有含糊其辞应付过去，并嘱咐他们注意身体。

　　因为是周末，车票还是有些紧张，上了车，看到车厢里人头攒动，感慨现在人员流动真多。我的座位在车厢中间的位置，发现邻座已经坐了一个抱孩子的妇女，座位下还放了个大包袱，那孩子大概只有七八个月大，在妈妈怀抱里睡得正香。我对她点点头，算是打了招呼，放好行李，就坐了下来。过了一会儿，一个长相清秀扎着马尾辫的姑娘拿着车票一路看过来，看她那情形是在找她的座位，但当她的目光落到抱孩子的妇女身上时，她便停止了找座位，把行李往行李架上放好后，就站在了过道上。一会儿，乘警来查票，抱孩子的妇女神情很不安，车票拿出来又收起来，显得很犹豫，姑娘何其善解人意，她安慰这名妇女："大姐，没事的。"然后，看孩子醒了，又逗孩子玩："这孩子好可爱！"乘警查看车票后明白了，抱孩子的妇女坐了姑娘的座位，乘警冲姑娘微笑，是在赞美姑娘的善举。看到这一幕，让我感觉这世界都变得温柔许多，生命的丰盈源于人们内心的无私，生活的美好源于人们善良的举动。

我对这个善良的姑娘瞬间产生了好感，她的气质干净清澈，眉眼百看不厌，虽然站在过道里有些晃动，但她举手投足之间透着优雅，我主动跟她打招呼："姑娘去哪里？"

"我回江海。"姑娘的微笑始终挂在秀美的脸上，使她更显妩媚动人。

听她说回江海，我立即联想到一个人——金艺兰，因为她的外貌行为举止都和金艺兰有些神似，难道这个美丽善良的姑娘与金艺兰姐姐有关？

"恕我冒昧，你很像我的一个朋友，叫金艺兰，你认识她吗？"

"哦，我叫金艺梅，金艺兰是我姐姐。"

"原来如此，怪不得我一见你就觉得亲切。"

"你认识我姐姐？"

"岂止是认识，她还给了我很大的帮助，我是通过庄蝶姐姐认识你姐姐的。"

"那我怎么称呼你？"在这样的场合邂逅姐姐的朋友，金艺梅也感到很意外。

"我叫林湘楚，在《南国时报》旗下的《生活周刊》当记者，你就叫我湘楚吧。"

我看金艺梅和我年龄相仿，就建议互相称呼对方名字，这样显得无拘无束。她又是莞尔一笑，很得体地点点头。

"嗨，坐久了不舒服，你来坐坐，我站一会，舒舒筋骨。"我对金艺梅说完，就站起来，双手把她按到我的座位上坐下，她连忙站起来："我没事，你坐吧。"

我抓住她的双肩又把她按到座位上坐好，她连说谢谢，并说：

"那你答应我等会依然你坐。"

"好，我们轮流坐。"见我这么说，她只好坐下了。

"你这是从哪儿来?"我又问。

"我今年大学毕业，本来在武城找了份工作，但突然接到姐姐的电话，说我妈突患脑溢血住进了医院，考虑到妈妈患上这样的病需要长期照顾，姐姐又忙，她一个人照顾肯定吃力，我考虑再三，还是决定辞职，我前天接到电话，昨天辞了职，办完了交接手续，今天就踏上了回家的旅程。"

我忙问："伯母的病情现在怎么样了?"

"已经脱离了生命危险，但姐姐说会留下后遗症。"金艺梅说到这里声音有点哽咽。

"你别着急，现在医学这么发达，脑溢血病人康复的很多，伯母会没事的。"我除了安慰，也真为病人担心，终究，脑溢血这种病不是一般的病。

"希望如此吧。"我看到金艺梅很快恢复了微笑。我想，这姑娘就是再痛苦，也不会给人一张苦瓜脸的。

"那你工作怎么办?"我又担心起她辞去工作就得继续找工作了。

金艺梅谈到工作显得很淡定："工作的事不急，等妈妈的病稳定了再说，我也可以就在江海找工作。"

"江海虽然比不上武城的人文环境，但江海是全国六个经济特区之一，这些年发展非常快，生态环境优美，气候宜人，有'幸福之城''浪漫之城'之美誉。来这里工作的确是不错的。"我内心也确实希望她来江海工作，虽然我们刚刚认识，但却一见如故，不知怎么回事，我居然想到了安晨，我突发奇想，他们两个才是天生的一对，如果他们有缘，那该多美好。但我现在不能说，一切等她妈妈出院才好谈论此事。

动车正在到站停留，金艺梅站起来让我坐下，这时，抱孩子的妇女往车窗那边挪了挪，说："我们挤着坐吧，其实，我知道这座位不是我的，是这位妹子的，你们这么好，我也不能太自私。"

金艺梅连忙说："我们没关系，你抱着孩子确实不方便，不用客气，出门在外大家应该互相体谅。"

"你们真是大好人，谢谢你们了。"抱孩子的妇女显然很感动。

"不用谢。你安心坐吧。"金艺梅对抱孩子的妇女说完，不容我推辞，已经拉我坐下，她站起来时，动车突然开动了，她没站稳，差点摔倒，好在我眼疾手快扶住了她，她连说谢谢。

我们又天南海北谈论一番，动车终于到达终点站江海。我和金艺梅一个帮抱孩子的妇女提包袱，一个护着她下车，来到出站口，帮她拦了辆的士，抱孩子的妇女千恩万谢，不停地挥手致意，这时我们才放心地打了另一辆的士离开车站。

我执意跟金艺梅一起去看看她妈妈，金艺梅拗不过我，只好依从，50分钟后，我们来到了江海市人民医院。

金艺梅打电话得知，她妈妈刚从ICU病房转入三楼的普通病房，我们直接上了三楼，金艺兰已经在门口等候，电话里金艺梅已经告诉姐姐金艺兰，说我也来了，所以，金艺兰见到我并没有感到意外，我们打了招呼，就去看望病人，只见金伯母正在打着点滴，她鼻子上插着氧气管，病床旁边是心脏监护仪之类的仪器。金伯母不能说话，金艺梅看着病重的母亲心疼得哭了，她问护士妈妈的病情，护士要她去医生办公室向主治医生了解详情。我们来到医生办公室，主治医生张忠祥详细介绍了病人的发病原因、临床表现、现场急救处理、内科治疗方案和心理护理方案等一大堆情况，而金艺梅最关心的是，母亲是否有生命危险，会有什么后遗症，家人需要做些什么，张医生都一一耐心作了回答。我安慰金家姐妹俩不要着急，有这么好的医疗条件和医生，伯母一定会好起来的。我拿出红包塞给金艺兰："没来得及给伯母买些礼品，这点心意是祝福伯母早日康复的。"金家姐妹连说谢谢。我说"照顾病人很辛苦，需要帮忙就打我电话，千万不要客气。"金家姐妹又说了一堆感谢的话。

离开医院，我回到家已经是下午五点。

祝福

　　我刚回到家，就接到岳林打来的电话，说是一起吃晚饭，他说六点来接我。我答应在家等他。刚打算看看今天的新闻，电话铃声又响了，一看是安晨的电话，他对我宣布了一个他人事调动的好消息，他说："我被调到沙田区任副区长，是去挂职锻炼，时间是两年。"

　　"那你高升了?"我问。

　　"可以这么说。"安晨淡淡地说。

　　"祝贺哥哥。"我由衷地向他道喜

　　"我马上过去，在你那里吃晚饭，你看怎么样?"

　　我一时不知怎么回答，我已经答应了岳林，但安晨高升，他说要来，我又无力拒绝，我怕扫了他的兴，犹豫了一下，还是答应了。

　　我想，这样也好，让岳林和安晨见见面，反正这件事我们三个人总要面对的。我既然选择了岳林，就不能让安晨总是抱着希望。于是，我告诉岳林："今天不去外面吃了好吗? 你买点菜回来，我们自己做饭吃。"

　　"好，听你的。"岳林向来尊重我的意见，他爽快地答应了。

　　我告诉他："多买点菜，今天我哥哥安晨要来。"

　　"是吗，那今天我和安晨好好喝一杯。"我对岳林曾经谈及过安晨，我不想对岳林隐瞒什么。岳林早就说要会会这位我眼中的完美男人。

　　"好的，你要好好表现哦。"

"那是一定的。"

在岳林和安晨之间，我其实多次在心中做过比较，他们谁更适合我。在认识岳林之前，我朦胧的意识中，安晨是我唯一牵挂的完美男人。但我们似乎永远没有心灵撞击的感觉，没有一天不见如隔三秋的相思之苦，更没有那种男欢女爱的渴望。而认识岳林后，他很快占据了我的心灵，我们在一起是那么心灵契合、鱼水相融，我知道，我爱的是岳林。

安晨高大帅气、才华横溢、前途远大、家境良好，又是独子，这些条件，岳林都比不上他，他确实是那种非常完美的男人，我想，我选择岳林而放弃安晨，很多人都会觉得我脑子有问题，但我不管这些，我只想听从心的呼唤。

我正想着心事，安晨就到了。

他这回没有带花给我，而是买了一部最新的苹果手机，还有我喜欢吃的零食和两瓶葡萄酒。

我拉安晨坐下，端上刚泡好的大红袍给他喝，并把安晨带来的玫瑰花饼、碧根果、山竹、提子等零食摆上桌。

"哥哥，祝贺你啊，你那么有才，又那么努力，一定前途无量的。"

"湘湘这么看好你哥哥?"

"当然了，你始终是最优秀的，从小到大，你就是我的榜样，是父母老师眼里的骄傲。"

安晨笑了，我的话他一定很受用。

"我们兄妹俩今天好好聊聊吧。"我鼓足勇气说这话时，不敢看安晨，因为我知道，我要跟他摊牌。

安晨奇怪地看着我："怎么弄得这么严肃?"

"我有话对哥哥说，我们边吃零食边聊。"我清了清嗓子，在安晨对面坐下来。

"你说吧，哥哥洗耳恭听。"

安晨是何等高傲的人，他在我记忆里，从来就没有受到过挫折，一路顺风顺水，听到的都是表扬，如果我今天拒绝他，他会是什么反应呢？我措辞一定要小心，尽量不伤害他，我想。

"哥哥，我从小就崇拜你，不只是我，很多我们认识的同龄人都这样，因为你太优秀、太完美，我曾经非常想得到哥哥的爱，但自从你拒绝我，说只把我当妹妹看以后，我无数次冷静思考过你的话，我认为你说得对，我们两家是世交，我们从小一起长大，可谓青梅竹马，我们有亲人般的牵挂，做兄妹是最好的，你说呢？"

安晨安静地听着我说话，我发现他边听边在点头，但他的回答令我感到意外："你说得没有错，但爱情是可以培养的，我们的父辈、祖父辈很多都是先结婚后恋爱的，不是吗？"

"是的，我们的父辈，特别是祖父辈，两个人可以没有爱情生活一辈子，但那是那个时代造成的，那时婚姻大事遵循父母之命，媒妁之言，当事人只能听从命运的安排，那是何等的冒险，现在是恋爱自由的新时代，难道你愿意去冒险吗？我知道，你是个孝顺的儿子，从来不违背父母的意愿，我相信，你很大程度上是听从了伯父伯母的话才主动来追我的，我也完全相信伯父伯母是为你好，但这件事你要自己拿主意，至于伯父伯母，我相信，只要看到你幸福，他们就会高兴。"我说话尽量语气平和，显得处处为他着想，这样才不会伤害他的自尊。

安晨陷入了沉思，他是理智的人，也是极度聪明的人，我的话说的既是事实，又在情在理，所以，他似乎无从反驳。更准确地说，他追我是被动的，当然，他也没有主动追求女孩的习惯。据说有一大打女孩追过他，都被他的不咸不淡吓跑了。

"那么，湘湘很爱那个叫岳林的男人吗？"安晨竟然主动提到了岳林，虽然我没有在他面前过多谈论岳林，但他在我的书桌上看到过岳林的照片，也多次看到我和岳林的通话。

"是的，我爱他，他也爱我，等会他会过来，哥哥给妹妹把把关，看这小子有没有资格当你的妹夫好吗？"

我以为还要费很多周折才能谈论岳林，既然安晨主动提到他，我干脆顺势把这种关系合理化。

"既然妹妹找到了如意郎君，哥哥为你高兴，为你们祝福。"我发现，安晨这次称呼我直接用了"妹妹"而不是"湘湘"，这个细节令我很欣慰，说明他正在转换角色，把我当妹妹看。

"哥哥，我给你物色了一个非常优秀的女孩，你一定会爱上她的，等过了这段时间，我安排你们见个面。"我想到了金艺梅，虽然我对金艺梅了解不深，但感觉告诉我，这一对如果能成功，定是人间佳话。我想，安伯父安伯母也会非常喜欢的，毕竟那是个美丽善良，温柔孝顺，知书达理，有着和安晨一样名校毕业背景的女孩。

"妹妹想得这么周到，连对象都给哥哥物色好了？"安晨深感意外，但看到他脸上却绽开了笑容。

"是我想给自己找个好嫂子，相信妹妹的眼光不会错的。"我觉得我们谈话的气氛越来越融洽了，没有我想象的尴尬，也许安晨在学习上是个天才，在生活上就反应迟钝些，所以，生活上他比较容易"服从安排"。

"我相信，谢谢妹妹！"安晨的话让我又舒了一口气。我转移了话题："等会儿岳林过来，你们兄弟俩好好聊聊。"

说曹操，曹操就到，我话音刚落，岳林就提着买好的菜回来了。我连忙介绍："他就是岳林。"安晨站起来跟岳林打招呼，岳林放下手中的菜问："这就是安晨哥哥吧，久仰您的大名，湘湘简直把您神化了，说您是世界上最完美的男人，果然气度不凡。"安晨也客气道："能让我妹妹看上的人，一定不俗，果然是一表人才。"

"啊呀，你们就别互相吹捧了，坐吧。"我给岳林倒上茶，让他们随便聊，我便要去厨房做饭。岳林却不同意，说哥哥来了，他要亲自下厨，表现表现。我看岳林说得在理，就让他去做，我继续跟哥哥聊天。

一个多小时，岳林把四菜一汤就做好了，我忙着准备碗筷酒杯，安晨把他买来的葡萄酒打开一瓶，把三个玻璃酒杯倒上酒，三个人的晚宴就开场了。

安晨向来话不多，何况他跟岳林第一次见面。

"我的厨艺很一般，请哥哥多多包涵。"岳林首先给三个人各盛了小半碗鱼丸豆腐汤："来先喝点汤。"

安晨用汤匙舀了一个鱼丸送进嘴里，连说味道特别鲜美。

接着，岳林又把一对红烧鸡翅膀夹到安晨碗里，并祝福道："愿哥哥展翅高飞，鹏程万里。"

"你怎么知道哥哥爱吃翅膀？"看到这一幕，我想起小时候我和安晨吃鸡翅膀的情形。那时，我们两家常在一起聚餐，如果杀了鸡，大人总是给我们每人一个，因为我们两个都爱吃翅膀。

"这是我做得最拿手的菜，希望哥哥喜欢吃。"岳林颇为得意地说。

"谢谢你，这的确是我爱吃的。"安晨说着咬起了鸡翅膀："果然非常筋道，香辣可口。"

得到安晨肯定，岳林受到鼓舞，没等安晨把鸡翅膀消化完，又把一只口味虾夹给安晨："这叫绝味口味虾，也是我拿手的菜，你尝尝。"安晨见岳林如此热情，很受感动，他说："你们也吃，别看着我一个人吃。"

我举起了酒杯，说："来，庆祝哥哥高升，干了这一杯。"

岳林还不知道安晨去挂职锻炼的事，就问道："这是怎么回事？安晨哥哥高升了？有好事应该告诉我啊！"

安晨谦虚地说："只是下去挂职，不值得庆贺，还是为我和岳林相识干杯吧。"

"好，反正都值得庆贺，干了。"我首先把酒喝完，接着，他们两个也相继干杯。

安晨拿过酒瓶倒酒，我抢了过来："倒酒的事就不劳哥哥了。"

我把三个酒杯各倒了半杯，安晨端起酒杯站起来说道："这杯我敬岳林，你辛苦了，能做这么好吃的菜，我妹妹有福气，来干了！"

岳林赶紧制止了安晨："要敬酒，也是我先敬您，您是哥哥，您又高升，我先干为敬。"于是岳林抢先把酒干了，安晨只好客随主便，把酒喝干。

"这下该我敬了吧，妹妹倒酒。"我赶紧把酒倒上，安晨站起来："岳林听好了，你一定要善待我妹妹，否则，我不答应。如果你对我妹妹好，就把这杯酒干了。"说完，干了个杯底朝天。

没想到安晨会这么说，我好感动，看来他真的进入了当哥哥的角色。岳林当即表态："哥哥放心，愿捧一颗心，白首不相离，我这辈子只爱她，对她负责到底。"说完也把酒喝干。

这种场合最感动的是我，我把酒倒上，站起来说："今天是个好日子，我也表现一下，你们两个，一个是我的恋人，一个是我的哥哥，你们都是我的亲人，你们能这么友好，我非常高兴，来，敬你们，希望你们事业有成！"

还没等我喝干，这两个男人已经碰杯把酒干了。不知不觉，两瓶红酒已经喝完。

岳林把米饭端来，每人盛了一小碗，吃完后，我去洗碗，岳林陪安晨喝茶聊天。我在厨房不时听到客厅传来爽朗的笑声，看来他们两个相谈甚欢。我不觉感慨，我曾经认为很头疼的问题，居然这么容易就解决了。

23

为民

时间过得真快，转眼安晨到沙田区挂职已五月有余，我正打算抽时间去看看他，可是，天有不测风云，一场超强台风"西美"登陆沙田区，这场突如其来、每秒 61 米的强烈大风，不仅破了江海市历史测得最大风速的记录，甚至在登陆我国大陆的台风实测极大风速中也实属罕见。它惊人的破坏力，令受灾最严重的沙田区马头镇房屋倒塌 900 多间，全区直接经济损失达上亿元。有逾 2 万群众在这次天灾面前无家可归。沙田区正是安晨挂职所在的区，这次赴灾区采访，本来我要去参加一个会议，已经派了别的记者去的，但我开完会后还是和一名摄影记者小周去了灾区，我想从另一个角度进行报道，也想去看看安晨。

大雨已经停了，马头镇中心路段，大多高压线、电话线倒在地上，有些树木连根拔起，大街上满目疮痍，有环卫工人在忙碌，也有电工在抢修。我和小周驱车来到马头镇林溪村走访受灾群众，了解他们在台风中遭受的损失以及灾后的重建工作，沿途看到老百姓正忙碌地劳作，还有一些政府工作人员、边防官兵帮助渔民和种养殖户恢复生产。我们一路不断向群众了解情况，又找到了林溪村支部书记林永福采访，我们刚坐定，马头镇驻村干部、镇长王希正从外面走来，他带了一队镇干部在这里指导群众生产自救。大家打过招呼后，我要林永福谈谈村里的情况，他告诉我们，林溪村今年在养殖业方面共投资近 300 万元，如今被一场台风全部卷走了。说到这里林永福眼里有点潮湿，声音都变得哽咽了。林永福回忆说，在台风来袭时，区里的安区长真是好样的，他指挥区里的其他干部一直在狂风暴雨中连续战斗了两天两夜，饿了，吃点面包，渴了，喝口矿泉水，谁也没回过家，身上的衣服十几个小时都是湿的，当时村里有一间危房泡在洪水里，随时都可能倒塌，可是房里的老两口死活不愿离开。如果群众不及时撤离，后果不堪设想，安区长得知这件事后，不顾个人生命安危，进屋耐心劝说，经过近半个小时的好说歹说，才将两位老人说服撤离该危房，正当大家撤离到安全位置，身后突然传来几声巨响，危房果然不出所料轰然倒塌，把刚撤离危房的两位群众吓出一身冷汗。听到林永福说到这个情节，我心里的滋味很复杂，这的确够惊险的，我真为安区长捏了一把汗，万一那些群众的工作晚一分钟做通，可能他就成烈士了。

"林溪村现在还有什么问题吗？"我问。

"林溪村的生产自救很有秩序，应该没什么大问题，很快会恢复供电。"林永福说。

我又问林永福，"安区长叫什么名字？"其实我明白，他说的安区长一定是安晨，但我出于职业习惯还是问了他，林永福说："村里人都知道他叫安晨，他对我们老百姓可关心了。"

听林永福这么说，我来了兴趣，我想更深一步了解安晨在老百姓心中的形象，于是我问："他怎么关心你们了？"

"这方面王镇长也清楚。"林永福看着王希，希望他来介绍，王希也不推辞，他说："安区长是我们的驻片领导，他上任后第二天就下到了我们镇了解情况，听了我们的汇报后，他就说要到问题较多的林溪村走走看看，探知群众的需求与愿望，针对群众关心又急需解决的问题，进行认真的排查摸底。到了林溪村后，他进村入户，听取民意，很快，群众反映强烈的问题都收集了上来，比如修建高速公路时搞得村里水渠堵塞、村里的简易公路也被压烂没人管，导致村民种田、出行不方便的问题；全乡10余个养殖专业户要求扩大养殖规模，请求政府加大支持力度的问题；仁和食品有限公司与农户建立公司＋农户，扩大甜菜种植面积的问题等，一一地摆在了安区长面前。为此，安区长多次与有关部门沟通，又多次下到镇里、村组进一步了解情况，并主持召开有关人员参加的民情恳谈会，认真听取与会人员的意见与建议。恳谈会结束后，他又和镇党委政府一班人坐下来仔细研究，最后他提出了解决问题必须坚持'五个一'：即要求针对每一个问题，成立一个领导班子，找到一个解决的办法，确定一名领导负责，一名干部直接落实。经过多次开会、走访、调研、协调，最后几乎所有问题都找到了解决的办法，这样，干部心里有了行事的准则，老百姓心里知晓了政府的决心，很快林溪村的问题一一得到了解决。此后举一反三，对全镇各村存在的问题也进行了排查，不到半年的时间，通过全体乡村干部的共同努力，群众反映强烈的建议和诉求基本得到答复或解决，群众对干部的满意度大大提升。"

林永福补充道："安区长对我们递交的材料都会仔细阅读，对我们反映的问题，都会认真倾听、记录，对能够现场解答的问题，都会给予解答，一时解答不了的，第二次来时一定会解答，他一点官架子都没有，态度可好了。"

林永福是个素质较高的年轻村支书，说话头头是道，听说读过高中，镇里有意在培养他。

"那安区长现在在哪里？我们想去见见他。"我对王镇长说。

"他现在和我们镇党委书记谭力一起在丽江村组织生产自救，丽江村是另一个受灾严重的村。"

"走，去丽江村看看。"我对小周说。

告别了林永福和王镇长，我们向丽江村进发。林溪村离丽江村其实不远，尽管道路坑坑洼洼不好走，车开不快，但我们只用了二十几分钟就到了。进了村，一位老人描述："我活了78岁，还从来没见过刮这么大的风、下这么大的雨。"

看到老人睁大眼睛用手比划，我知道这场灾害给村民带来的惊恐，我们一路也看到了暴雨带给这个村的惨状：不少房屋倒塌，公路多处塌方，庄稼损毁严重，树木半数折断……

我们看到不远处的公路上，不少人在那里忙碌，有两辆铲车正在对滑坡路面进行清理，以确保车辆畅通。我们把车停在村口，就往那里走去，只见安晨正在指挥镇、村干部安置受灾群众，并要求设置警示标志，防止地质次生灾害发生，同时吩咐镇村干部加强地灾点值班巡查，确保受灾群众生命安全。他并没有注意到我们的到来，继续忙上忙下，他穿着迷彩服，身上满是泥土，人显然黑了、瘦了。我走过去跟他打招呼："安区长，你辛苦了。"

安晨听到熟悉的声音，转过身来诧异地看着我："妹妹，你怎么来了？"

"这么大的灾情，我怎么能不来？"

"那你注意安全，我马上要赶到柳岩组去，那个组7户人家因山体滑坡，民房不同程度损坏，我必须赶去处置。"他对我说完，又转过头对一年轻干部说："谭书记，你留在这里指挥救灾，我去柳岩看看。"于是，安晨带着另两名干部匆匆离开了。谭力答应一声，也忙碌去了。

在这种情况下，我和安晨的确不好说其他的，我们只好边走边看，看到的是一番繁忙的景象：在受灾的公路上，群众自发砍伐倒伏的毛竹；在一村民后院，有镇村干部和村民一起在拉抬滑落的大树；在一处公路塌方处，消防官兵正清理堆积的泥石；在一处苗木基地，镇农技人员正指导农民钉三角支架扶正苗木，以尽快恢复苗木长势，减少损失；沿路还看到电工师傅正在加紧抢修农村通电设备……

结束了一天的采访，我和小周感觉特别疲惫，但想想安晨，想想那些镇村干部，还有那些支援灾区恢复生产的各行各业工作人员，我们的疲惫的确不值得一提。尤其是安晨，一个在城里长大、过惯了优裕生活的大男孩，又刚从城里那么好的单位下派挂职，居然那么能吃苦，那么为老百姓着想，那么受老百姓尊重和爱戴，真是不可思议。

三天后，接到安晨打来的电话，我非常兴奋。我本来想主动打他电话，又怕他太忙，一直在等机会，想弄清楚他拼命工作的动力，想了解他对农村工作的感悟，没想到他自己打来了电话。他说，那天我去了沙田区，他没有尽地主之谊招呼我，很抱歉。我顺着他的话说："你怎么那么拼命工作？连自己的安危都不顾，要是你出事了，伯父伯母怎么办？"

"到了区里工作后，我的工作就直接面对基层群众，你知道我的，我做什么工作都不甘落后，所以我在这里吃点苦不算什么。做了一名基层领导干部，我就明白，必须时刻把群众安危冷暖挂在心上，在感情上贴近群众、行动上深入群众、工作上为了群众，做真情为民、一心为民的好干部是我的目标。"

"其实，到灾区视察的干部也不少，有个别干部在视察时，下雨了连打伞这样的事都要别人代劳，自己在那里指指点点，你怎么看？"少数官僚工作流于表面，群众意见很大，我想听安晨怎么看待这样的问题。

"对那种下基层走马观花，装样子、搞形式、隔着车窗玻璃'观察'群众、通过听取汇报'了解'群众、热衷拍拍脑袋来'指导'群众的做法，只会导致群众与干部之间的距离越来越远，群众怎么会信任？更谈不上为人民服务了，连古人都知道'当官不为民做主，不如回家卖红薯'，何况我们今天的干部？所以，对我而言，这干部要么不当，要当就尽自己所能当好，至少，我不能让群众说我的闲话，尽力向人民交一份合格的答卷。"

"这一点我坚信不疑，因为你是我的安晨哥哥嘛。我还想知道，你对基层工作最大的体会是什么？"

"我现在手机里存的电话号码，大多是普通群众的，我很少在办公室待着，除了开会，基本上都在下乡，平均每天要跑 50 公里左右，时时奔波在乡镇之间或工地之上，钉在基层一线，现场解决难题，不为别的，只想尽职尽责，多了解民众所需所想，我这样做心里很踏实。"

"哥，你努力工作我支持，但要答应我，要注意休息，注意身体，也该考虑你的终身大事了。"

"谢谢妹妹关心，我会的。"安晨答应着，然后说要开会了，以后再聊，我只好跟他说再见。

成全

　　这天上班接到的第一个电话是庄蝶打来的，她的声音充满喜气，我问："姐姐这么早来电话，又有什么喜事啊？我都感觉到我要喝姐姐的喜酒了。"

　　庄蝶笑声灿烂："你这丫头真是鬼灵精怪，你说对了，我和张品登记结婚了，不过，我们说好不办喜酒，准备旅行结婚，我们一年忙到头，很少休息，趁婚假，我们打算去欧洲旅行，好好放松放松。"

　　"这是个好主意，但是，就不请酒了吗？亲朋好友总要去给你们祝福吧！"

　　"我会发微信告知亲朋好友，我们不接受红包，大家在微信上祝福我们就好了。"

　　"我尊重姐姐的决定，你们什么时候动身？"

　　"初定 19 号，只有一个星期时间了，还要看能不能顺利买到飞机票。"

　　"那你们准备游哪些国家？"

　　"意大利、瑞士、法国。"

　　"这是令人向往的浪漫之旅，妹妹祝姐姐姐夫旅途平安快乐，一生幸福安康。"

　　"谢谢妹妹，你也要抓紧结婚哦。"

　　放下庄蝶的电话，我立即拨通了岳林的电话，告诉他庄蝶姐姐要结婚的消息，岳林非常高兴："我们该准备个大红包去祝福，庄蝶可是你的恩人。"

"可是他们不办酒，也不接受红包祝福，他们准备旅行结婚，我正发愁怎么表达心意呢。"

岳林沉默了一会，说："要是知道他们什么时候旅行和旅行路线就好办，我们就可以给他们送上旅行的机票，你想，他们刚登记结婚，要去旅行，而且不是一般意义上的旅行，肯定忙于工作上的交接，忙于出远门前的准备工作，要是我们帮他们买好机票，既让他们省心，也表达了我们的心意，两全其美。"

"我们想到一块了，我特意打听了他们的出行时间和旅行路线，机票的事你搞得定吗？"

"这事包在我身上。"

"你怎么这么有把握？这个季节去欧洲网上订票起码要提前10天。"

"我找旅行社的朋友帮忙，他们有的是办法。"

"那你马上去办，要快，给他们一个惊喜，辛苦你了。"

"傻瓜，我跟你的心情是一样的，我马上打电话给旅行社的朋友。"

挂了岳林的电话，我盼着他马上打来电话说机票搞定了，可是，电话响了无数次，都是一些工作业务电话，我忍不住又给岳林拨了一个电话，问他找到旅行社的朋友没有？岳林让我不要急，旅行社的朋友说正在想办法，等有了结果，会打来电话的。

下午，岳林终于打来电话，说机票订到了，我问怎么搞到的，岳林说，旅行社有机动票，即使没有了机动票，他们接触旅客多，时间上也有调整的余地，所以这件事对一般人可能有难度，但对旅行社的朋友就好办多了。

我立即给庄蝶姐姐打电话，告诉她，他们出行的机票已经给他们订好，19号9：20起飞。庄蝶正忙得团团转，显然没有想到我会这么迅速为她解决这个急于解决又来不及解决的问题。她问我多少钱，好打到我账上，我说这是岳林和我送给姐姐姐夫的结婚礼物，她开始不肯，说了不收礼的，我好说歹说，她终于接受了，并连说谢谢。

忙完了庄蝶姐姐的事我又想到了安晨和金艺梅，下了班，我买了礼品去看望金艺兰和金艺梅的母亲，金艺兰工作忙没在医院，只有金艺梅在医院陪伴老人家，金艺梅说，妈妈病情好转，过几天就可以出院。我叫了一声伯母，她点了点头，慈祥的脸上露出微笑，嘴里发出含糊不清的声音，金艺梅说："妈妈就是说话有障碍，其他的方面已经没什么大问题，回去慢慢调养康复就好。"

我问金艺梅，等妈妈出了院，生活能自理了，她怎么打算？她说，打算请个阿姨照顾妈妈，她准备就在江海找份工作，工作之余还可以随时去看望妈妈。

一个月后，金艺梅打来电话，说她已经进入英国石化中国公司工作，因为她考了国际注册会计师证，找工作倒不是难事。她说等过一阵工作理清头绪再来看我。

我想是时候给安晨和金艺梅牵线了，这两个人如此优秀，既是郎才女貌，也是郎貌女才，如此相配的一对，我应该成全他们的美好姻缘。

我选了一个周末，买好菜，请岳林过来帮忙，准备请安晨和金艺梅过来吃晚饭。我打电话给金艺梅，她的电话很快就通了，她说正陪妈妈聊天。我要她下午到我家来一趟，有很重要的事对她说，她爽快地答应了。但打安晨的电话时，却怎么也打不通。他十有八九又去下乡了，我想。

我把电话打到沙田区政府办公室，办公室值班员小曹果然告诉我安区长下乡了，我请小曹帮我联系安区长，说我有急事找他。小曹听说我是安区长的妹妹，很爽快地答应帮我联系。五分钟后，小曹打来电话，说安区长在大西村大棚蔬菜基地，那里手机没信号，让我打座机号码，他说把座机号码发给我。我道了谢，就按小曹提供的座机号码打过去，接电话的是一个小伙子，他听说我找安区长，让我等几分钟再打过来，因为他要去工地上叫安区长过来接电话，过了三分钟，我把电话打过去，没人接，又过了三分钟，我再把电话打过去，还是没人接，我正在感叹安晨难找时，电话却打过来了，是安晨的声音："喂，你是哪位？"

"我是你妹妹湘楚，找了你半天，绕了一大圈才终于找到你。今天有特别重要的事，请你一定赶回来一趟。"我急切地说，生怕话没说完电话就断了。

"我这里一大堆事要处理，有什么事你在电话里说吧。"安晨一点都没有体会到我的良苦用心。

"电话里说不清，我不耽误你工作，就是再忙，人总是要吃饭的嘛，你现在抓紧把工作忙完，晚饭前赶到我家就行了。"我继续劝说。

"可是，我一时半会儿忙不完。"安晨还是不松口。

"别可是了，工作永远都忙不完，人生除了工作还有很多事情要做，再怎么样也不差这一个晚上吧！"我的语气不容他反驳。

但安晨还是不肯答应，说他确实抽不开身，有什么事下次再说。我于是心生一计："哥哥，我遇到麻烦了，你难道不管我吗？"我捏着鼻子发出很委屈的声音。

听说我有麻烦，沉默了几秒钟后，安晨终于答应赶回来吃晚饭，但可能会回得晚。我说没关系，能回来就好说。

下午五点，金艺梅来到我家，我们就聊了起来，虽然我们认识不算太久，但已经无话不说，从她母亲生病，聊到她的家庭，再聊到她的工作，最后谈到她的终身大事。而我，也把我的一切都告诉她。包括我和安晨从小到大的关系，都一股脑讲了出来。当金艺梅明白我今天叫她来的用意时，这个美丽善良的女子表达了她的感激之情，同时，提出了她的疑问："既然安晨和你一起长大，又那么优秀，你为什么没有和他结缘？"

"这辈子我跟他注定只有兄妹缘，你和他才是天作之合。"我说这话时语气很肯定。

"天作之合？还不知道人家能不能看得上我呢。"金艺梅笑得大方而又含蓄。

"只要你看得上他，这事就成了，相信我。"我从心底看好这一对，所以我对他们结缘充满信心。

金艺梅虽然很优秀，但始终没有遇到一个合适的，眼看年纪也不小了，自然也梦想早日找到那个梦中的白马王子。

我们聊着聊着，时钟已经指上了七点，岳林早已经做好了饭菜，但安晨却迟迟未到。我请岳林打安晨的电话，岳林拨打多次，都无法接通，我又把电话打到小曹提供的座机号，先前接电话的小伙说，安区长已经走了。

"可能安晨在路上手机没有信号或者没有电了，他答应回来就一定会来，我们再等等。"我抱歉地对金艺梅说。

"等多久都没关系，反正现在也没什么要紧事。"金艺梅永远是那么善解人意。

又过了半个小时，安晨终于风尘仆仆赶到了。

我们起身相迎，我大声对迟到的安晨说："哥哥，你真是天下第一大忙人，有个大美女在这里等了你两个半小时，太不像话了吧。"

我话音刚落，只见安晨和艺梅四目相对，神情非常惊异。

"你是安晨？我肯定见过你，但就是想不起来在哪里见过。"金艺梅睁大美丽的眼睛凝视着安晨，语气不容置疑。

"奇怪，我也是这种感觉。是在什么地方呢？"安晨静静地望着她，貌似在搜寻记忆。

"也许是在梦中见过呢。"金艺梅深情地看着安晨，幽幽地说。

"眼前分明外来客，心底却是旧时友。"我知道他们是第一次相见，但看到他俩这情形，竟突然想到越剧《红楼梦》宝玉与黛玉相见时的一句歌词："你们初次见面就有旧时相识的感觉，说明你们的缘分是上天早就安排好的，是前世定下的相遇，说不定你们也有个金石前盟的约定呢。"

安晨和艺梅相视而笑，他们笑得那么温情而含蓄。

我突然一拍脑袋："真真奇了，哥哥小名叫石头，现在遇见金姑娘，你们真的是金石奇缘呢。"

岳林与金艺梅听我这么一说，双双转头看着我，他们心里一定很惊异，缘分这东西太神奇了。

"你们既是老熟人了，你们聊会儿，我们去准备饭菜上桌。"我拉着岳林进了厨房。

岳林悄悄对我说："看来他们两个有戏？"

我肯定地说"那还用说，依我看他们这辈子再也分不开了。"

我信了，这就是所谓的一见钟情吧。安晨德才兼备，从高中开始，追求他的女孩不知有多少，但他总是用被动和麻木把爱情拒之门外，多少痴情女子使尽浑身解数也走不进他的心里，但这一次，我坚信他的心被艺梅轻而易举掳走了，可见，缘分这东西由不得人不信。从安晨刚才看艺梅的眼神我就知道，安晨并不是对感情麻木的人，只是以前没有遇到对的人罢了，我相信，他一定会珍惜艺梅，艺梅也不会让安晨失望的。

25

顽强

　　周日那天，风和日丽。我早早起床，对着镜子将自己装扮得颇为满意。昨天我就和岳林约好，准备去紫森园游玩一天，本来想叫上安晨和艺梅的，但安晨实在忙不过来，艺梅又要看妈妈，只好作罢。平时我和岳林也都是拼命工作，很少出去放松，难得这天我们两人都有空，天气又好，于是我们相约游览紫森园。

　　因为我从自在居到紫森园不远，就决定自己走路过去，约好岳林上午9点在紫森园门口见。紫森园是江海市的一座森林公园，这里景色宜人、空气清新，更重要的是，这里是个珍稀植物园，园内种植有珍稀植物200余种，什么金叶含笑、华盖木、金花茶、半枫荷、花榈木、合果木、伞花木、檀香、桢楠，等等，这些珍稀植物我只听说过，还没真正见过，所以，早就想来看看，却一直没有机会成行，今天终于可以一睹它们的芳姿，心里自然向往。

　　我9点赶到紫森园，只见园门口人头攒动，因为是周末，好多家长带着小孩来游玩。有小商贩在卖气球、棉花糖、糖葫芦、烤肉……好不热闹，却不见岳林的影子。突然一个踢皮球的五六岁小男孩摔倒在我面前，大哭不止，而周围竟然没有大人扶他起来，这孩子难道是与大人走丢了？出于本能，我赶紧上前去扶起小男孩，关心地问他要不要紧，有没有哪里摔伤了？爸爸妈妈在哪里？哪知小孩根本不理我，还是大哭着叫太爷爷。旁边热心的路人都围拢起来，帮忙哄孩子，问孩子家人在哪里，也有几个人大声喊"谁家丢了孩子？"但是小男孩只一个劲哭，也不理人。我心里正想着要不要报警的时候，岳林循声赶了过来："湘湘，终于找着你了。"

"岳林，你来了，快来帮我哄这孩子。"岳林答应一声："好，我来试试。"于是，他蹲下来，轻轻拍了拍小男孩的背："乖宝贝，叔叔看看摔着没有？没事没事，我们是男子汉，摔一下算得了什么？不哭了。"小男孩看了一眼岳林，哭声渐渐小了。我心想岳林真厉害，我一个女人哄都没用，而他这个大男人只要一分钟就把孩子搞定了。

岳林问："乖宝贝，你叫什么名字？你的爸爸妈妈呢？"

男孩小声说"我叫……侯智国，爸爸工作忙，妈妈去很远很远的地方了。"

"那你跟谁一起出来的呢？"

"太爷爷！"

"太爷爷在哪里？叫什么名字呢？"

"走丢了，太爷爷叫侯贵田"

"宝贝知道太爷爷或者其他亲人的电话么？"

"不记得！"

"那宝贝家里是住在哪里呢？"

"我们是九黎村的。"

"宝贝先和这个阿姨玩一会儿，叔叔一会儿就帮你找到太爷爷好不好？"

小男孩乖乖地说："好。"

这时岳林轻轻对我说"湘湘，我去跟紫森园的工作人员联系，让他们广播一下找到孩子的太爷爷。"

"好，你去吧，我跟孩子在这里等你。"

通过跟小男孩聊天，我得知原来是他太爷爷带他出来玩，结果他趁太爷爷上厕所的时候跑去玩皮球。玩着玩着就找不着太爷爷了。

不一会儿，岳林带着一个年逾八十的老爷爷过来了，老人单薄瘦小，满头白发，一脸沧桑，脸上条条皱纹，好像一波三折的往事。

孩子见到老爷爷，立即跑了过去，嘴里叫着"太爷爷"，老爷爷颤巍巍揽过曾孙，含着热泪，对我们千恩万谢。

岳林对老爷爷说："今天这里人太多，你们一老一小到这里来玩不安全，最好叫孩子的父母带你们一起出来玩。"

"孩子的父亲正忙着开画室，搞画展，哪有时间陪我们出来，孩子的母亲去年得宫颈癌去世了。"老人说完，一脸落寞无奈。我怕老人伤心，连忙对老人说："要不，您跟我们一起进去玩吧。"

"不去了，我们本来是到附近的南湖公园走走，谁知这孩子出来了就管不住，一定要来这里玩，这不，一转眼就跑丢了。我们得回去了，免得他爸爸担心。"老爷爷幽幽地说。

"孩子的父亲是个画家吗？他在哪里搞画展？"我问。

"孩子的父亲是我的孙子，他是个失去双手的残疾人画家。"老爷爷虽然年纪大了，但眼不花耳不聋，表述清楚。

"失去双手的画家？没有手怎么画画？"我更感好奇。

"他用脚画画，还画出了点名堂。"说到这里，老人满脸的皱纹舒展了开来。

职业的敏感让我对这样的家庭产生了浓厚的兴趣，我还想问下去，但在这样的场合对人家刨根问底也不是个事，我于是跟岳林商量："你看这一老一小回家去多不方便，我们先送他们回去好不好？"

"好的。"岳林二话不说，就抱着孩子上了车，我扶着老爷爷也上了车。老爷爷又是一声声感谢。

我问老爷爷，九黎村在哪？老爷爷说，九黎村是他的家乡，离这里有好几百里，因为孙子搞绘画，他们现在住江海市的福城小区。

半小时后，我们来到福城小区，我决定去看看那个无手画家，岳林表示支持，说去紫森园以后有的是机会。老人表示欢迎去他们家做客。

"请问您孙子叫什么名字？"我问老爷爷。

"他叫侯小虎。"老爷爷回答。

老爷爷把我们引到小区最左边的一幢电梯房，上了电梯，在九楼停下，在 901 房，老人敲响了房门，来开门的正是一个无手的男子，大约三十出头，当老人把他们的遭遇简单告诉这名无手男子后，他热情地邀请我们进屋，并连说"谢谢"。

"你就是画家侯小虎吧！"我向他点头表示问候，岳林也向他点点头。

侯小虎谦虚地说："什么画家，只不过靠画画糊口而已。这是我两年前买的房子，很简陋。"

"听说你正在筹备开一个画展？"

"是的，正在准备。"

"我能耽误你点时间跟你聊聊吗？"我亮明自己的职业后，征求他的意见。

"好，你想了解什么，尽管问。"看得出，侯小虎虽然失去双臂，但一看就是那种乐观向上，不向命运屈服的人。

"谈谈你的人生吧！我觉得你的人生一定不简单。"

侯小虎听到我的问题，仿佛陷入了沉思，他长嘘了一口气，开始叙述他曲折心酸的人生经历。

侯小虎三岁那年，父母在一次泥石流灾害中双双遇难，小虎只好和爷爷相依为命，五岁那年，幼小的小虎帮着爷爷煮猪潲，他看到猪潲煮开了，滚开的水直往外飞溅，小小年纪的小虎想把煮猪潲的鼎锅盖打开，但由于他人太矮，鼎锅太高，只好搬一张小凳子站上去揭锅盖，刚把锅盖打开，一股强大的热气把他熏得睁不开眼，他一摇晃，人向前倾，他的双手就掉进了滚烫的猪潲里，幸好爷爷及时赶到，他才捡回了一条命，但他的双手却废了，他的命运在一瞬间改变了，而这个风雨飘摇的家更加生活无着。为了给小虎治病，家里该卖的都卖了，该借的都借了，实在没有办法，爷孙俩只好走上乞讨之路。

一晃过了三年多，小虎已经八岁了，爷爷想让小虎上学，识几个字，将来让他学点技术，生活能自理才行。于是，爷爷把三年乞讨积攒的钱数了又数，尽管少之又少，爷爷还是带小虎回了乡，送小虎上了村里的小学。好在村里的小学老师都同情小虎家的遭遇，不但收留了他，还对他特别关照。小虎学习很认真，他慢慢练习以脚代手，练就了一双灵活的脚。但现实又实在是太残酷，只上了两年学，小虎的爷爷又病倒了，为了照顾生病的爷爷，小虎只好弃学，但给爷爷治病需要钱，别无他法，小虎只好重新走向乞讨之路。一个十岁的残疾孩子独自上街乞讨，挨饿、受冻、被坏人欺负、被乞丐头头暴打，他都挺了过来，只要能讨到钱给爷爷抓药，他就心满意足了。

一天，小虎乞讨回来，看到一群大学生在村口画画，他出于好奇就去看，他感觉画画是那么新奇有趣，就拿来一块木炭，用脚在地上照着大学生画出的样子画。那群大学生虽然对一个残疾人用脚比划有些奇怪，但并没有太在意，后来，他们发现这个少年天天来，并且天天以木炭为画笔，以大地为画布，画得那么认真，画得还像模像样，就对他产生了浓厚的兴趣，有的学生还对他进行指教，小虎虽然没有学过绘画，但他悟性好，一点拨就能领会，他画的画进步很大。与那些大学生接触，小虎懂得了，画画学好了，将来就不愁没饭吃。一个叫李特的大学生对他特别好，他们写生结束时，把自己的一整套绘画工具留给他，还给了他一些生活费，并承诺以后还会来看他，给他资助。他非常兴奋，练习更加刻苦，他用脚趾夹画笔，从夹不住到夹得脚趾都红肿，他一点也不觉得苦，画画时一直弯着腰，一干就是几个小时，背部的酸痛麻木，他认为根本不算什么。为了练习绘画，他一年四季不穿鞋，不管天多冷，一双脚总是露在外面。

一年后，他画了三十多幅作品。秋收时节，已经美院毕业自己开了画室的李特真的来看他，看着小虎的三十多幅作品，李特目瞪口呆，他简直不敢相信，这是一个只上过两年小学的无手少年，用脚画出的作品，他说，这些作品他都要了，价钱从优。

后来，李特把小虎的一幅作品取名《山魂》推荐去参加全国少年书画大赛，居然获得了二等奖，当李特把这个好消息告诉小虎时，小虎兴奋得跳了起来，这给了小虎莫大的鼓励和信心。李特说，等小虎爷爷的病好利索了，就推荐他去省城的书画学习班进行专门训练。

在李特的帮助下，小虎果真得到了系统的绘画训练，书画艺术日趋成熟的小虎后来又被李特聘为专职画师，为了感谢李特的知遇之恩，小虎夜以继日工作，他的作品越来越有特色，在市场上深受欢迎，并多次获奖。26岁那年，事业蒸蒸日上的小虎爱情也获得了丰收，一名中学美术老师仰慕他的绘画才能和自强不息的奋斗精神，不顾家庭反对，义无反顾地嫁给了他，并生下了儿子智国，小虎搬来江海后，还把爷爷接了出来。他非常感恩贵人对他的无私帮助、生活对他的无限眷顾。不料，天有不测风云，小虎再次遭到失去亲人的巨大打击，妻子患了宫颈癌，等查出来时已是晚期，三个月就去世了。

如今，小虎已经是中国书画名家协会理事，并且受邀登上了《超级演说家》的舞台，他的演讲震撼了全场观众，观众评价说，他是一个出色的演说家，他没有什么豪言壮语，但他靠真实的经历，真诚的语言深深打动了大家。现在，很多学校、企业都请他去做励志演讲，很多残疾朋友，网瘾少年，意志消沉的年轻人都被他感动，遇到困难都打电话、发微信或者直接找他请教。

小虎说，他早已不为生计发愁，所以只想回报社会，他说已经向红十字会捐出善款15万元，虽然钱不多，但以后会经常捐，他想像李特那样去帮助他人，他特别想为残疾人朋友做点事，这不，他通过各种途径，想方设法寻找场所，一边经营绘画作品，一边招收一些喜欢画画的残疾人，教他们绘画，让他们能学有所长自食其力。目前，他已经对15名喜欢学习绘画的残疾人朋友进行免费绘画教学，他说，今后，他的教学范围还要扩大，他深知普通农村家庭在文化艺术方面的欠缺，所以他要帮助那些喜欢画画却生活困难无法实现梦想的农村孩子圆梦。此外，他还在筹备自己的画展，希望自己的作品能够让更多人欣赏，也创造更多的财富帮助他人。

听了小虎的故事，我的心无法平静，现在很多人耿耿于怀自己得到的太少，不少人埋怨命运的不公，于是自暴自弃、于是消沉沮丧，而小虎，面对残酷的现实，却能勇敢接受，自强不息，走出一条成功之路，这是多么难能可贵啊！

但我发现，小虎讲述他的故事的时候，内心却很平静，尽管他的经历是那么曲折坎坷，但他内心充满了感恩，充满了美好的憧憬，所以，他只有幸福没有悲伤。

小虎非常感谢我们把他爷爷和他儿子送回家，热情留我们吃午饭，我们不想给他们添麻烦，于是以还有事要忙为由谢绝了他的好意。

26

美丽

　　告别了小虎一家，我们来到楼下草坪，我对岳林抱歉地说："对不起啊，本来要陪你去游玩的，结果让你陪我工作了。"岳林感慨地说："傻瓜，不要跟我说对不起，我还要感谢你呢，通过与小虎接触，我接受了一次很好的人生教育，心灵受到震撼，这比游玩更有意义。何况，我们现在去紫森园也不算晚。"我看岳林说得很真诚，我也相信他的话发自内心，心里自然高兴，看看天色还早，于是兴奋地说："好啊，我们这叫两不误。"他爽朗地笑了，习惯性地打开车门，然后用自己的一只手臂挡住车门上框，以免我的头不小心碰伤，等我上车坐好，他才跑步绕到另一侧打开车门上车。

　　车子开到一家点心店门口停下，岳林让我在车里等着，他麻利地下了车，我乖乖地答应着，心思还在小虎的故事上，正构思着怎么把这个故事写得更生动，对人的教育意义更大，所以，岳林下车多久，我没有注意，我只知道，岳林提着一袋水果一袋糕点，还有卤鸭脚、啤酒、矿泉水之类的东西上了车："为了节约时间，今天我请你吃野餐，希望你喜欢。"

　　"野餐？"我奇怪地看着岳林。

　　"就是在野外就餐的意思。"岳林得意地扬扬手里的食物。

　　"真香，我要流口水了。"

　　"马上就到目的地了，我们找个风景好的地方摆开阵势再吃。"

　　"好，听你的。"

　　"那你听着，从现在开始，不许想工作，只能听音乐，看风景，好好放松。"

于是，岳林打开车里的音乐健，一曲《春暖花开》把我的思绪从小虎的故事中转移，周艳弘的歌声深深吸引了我："春季已准时地到来，你的心窗打没打开？对着蓝天许个心愿，阳光就会照进来，花儿已竞相地绽开，你别总是站着发呆，快让自己再美丽一些，让世界因你更可爱，黎明醒来揉揉你的眼，你会发现，天变蓝了，云变淡了，桃花也红了，心情也好了……"

和爱的人在一起，听着优美的旋律，看着窗外如画美景，感觉真的很放松："生活真的太美好了，我好幸福。"看着正认真开车的岳林，我发自内心地说。岳林深情地看看我，微笑着说："你现在才发现生活的美好幸福？"

"我现在是有感而发，其实我对生活的美好感受一直都在。"我看看岳林，从心底感觉幸福。

"因为你总是在感恩生活，所以，你的生活自然就美好。"

"是的，还是你最了解我。"

"当然了，因为我和你是一样的。"

我们说着话，很快就到了紫森园，这里有一个很大的停车场，因为是周末，来参观的人很多，我们找了个车位把车停好，就向紫森园大门走去。大门口立了块牌子，上面画着参观平面图，一条水泥马路把这个紫森园分为左右两部分，而每个部分又划分为若干板块，每一小板块种植同一种植物，有珍稀植物林、枫树林、桂花林、冷杉林、桃花林、樱花林等，园子的左边除了各种树木，还有一块草坪，周围景观非常漂亮，而珍稀植物在右边。整个园子呈椭圆形，不管往哪边走，走一圈就回到大门口。

据紫森园工作人员介绍，如果一块一块都参观完，要一天的时间，我们的时间有限，只好选重点。

时间已经过了中午 12 点，我们决定先吃午饭，再参观。进了园子，岳林问我往哪边走，我说，你往哪走我就往哪走。岳林拉着我往右边走去，我知道，岳林早想好了我们的参观路线，我只要跟着他走就行了。

往右边的小路大多是青石板路，也有木板路，四通八达，路边安有人工喷雾装置，白色的水雾在山间萦绕，有仙境般的感觉。风，是那么缠绵，阳光是那么柔和，我们越往里走感觉空气越清新，呼吸越舒畅，这里就是个天然氧吧，我们贪婪地呼吸着似乎带着甜味的空气，欣赏着各种形状各异的花草树木，别说有多惬意了。

也许是园子够大，也许是中午时分，反正我们见到的人并没有想象的那么多，大多三五成群，岳林看到不远处有一个供游人休息的亭子，正好没人，他拉着我走了进去，这个亭子里有石桌石凳，正好给我们用餐提供了方便。岳林拿出餐巾纸把石桌石凳打扫干净，然后让我坐下，他拿出买好的蛋糕、面包、水果、卤鸭脚和两罐易拉罐啤酒，打开，把其中一罐递给我，我们就开始了他所说的"野餐"。

在这么美好的地方和恋人一起吃午餐是第一次，本来想慢慢享用，但又想多看些风景，只好抓紧时间，用了最短的时间吃完午餐。

和岳林出来真是省心，我不但不用为迷失方向这种事烦心，更不用为吃的喝的操心，他像一个长辈，办事老练，经验丰富，虽然我也算得上是个爱学习的人，但在他面前，我似乎就像初出茅庐的小屁孩，就拿这些植物来说，我认识的，能叫得出名字的很少，而他似乎是学园林专业的，几乎都能叫出它们的名字，知道它们的分类。我心里对他的佩服又多了几分。

不知不觉走了两个多小时，我们来到了一片大草坪，这个草坪大概有两个足球场一般大，左右两边都有形状各异的山石，很像人工假山，但走近一看却是美丽如画的真山，很多人都到这里拍照。岳林提议到草坪休息一会儿，然后好好拍几张照，我立即响应。我们找了一个僻静一点的地方坐下，岳林拿出矿泉水，把瓶盖打开，然后让我喝，就在我仰着脖子喝水时，我看到了一处别样的风景，我被不远处的山坡上一个女人拍照的姿态深深吸引，她穿着大红色的曳地长裙，脖子上戴着一条用彩色贝壳类拼成动物图腾的项链，一头齐腰长发在风中飘洒成黑色瀑布，她时而右手指向远方，时而蹲下做沉思状，时而双手抚弄秀发，时而撑一把花伞，时而肩上随意披上一条与衣服颜色搭配的围巾，各种姿势都是那么优美动人，那是仙女下凡吗？

"湘湘，我给你拍了几张照片，你看别人照相那入迷的样子真可爱。"

岳林的话把我的思绪拉了回来："你看那个女人的一招一式娇俏柔和，美得遗世独立、与大自然又浑然天成，带给人至美的感觉，我要去认识她。"我对岳林说。

岳林表示支持，我向那个女子走去，岳林也跟了上来。

"喂，美女，你好美啊！"我大声向那女子打招呼。

"你好你好，我先生给我拍照，这里景致不错，你也来拍几张吧！"没想到女子那么热情，被她称为她的先生的中年男人也闻讯走过来。

我们四个人握了手，互相做了自我介绍，我这才知道，这个美如天仙的女人叫陈慧如，已经51岁，她的先生叫文池，比她大两岁，他们都是普通的工薪族，妻子爱美，丈夫是摄影爱好者，他们经常利用节假日出来拍照。他们看上去都比实际年龄年轻许多，特别是这个叫陈慧如的女人，远观犹如十八岁的少女，近看也不过三四十岁的风韵少妇，白皙的肌肤，婀娜的身材，只有笑起来才能看到她脸上隐隐的细纹。而过腰长发，曳地长裙，似乎都不是她这个年龄该有的装扮，但在她身上，却是那么得体。是什么让她能阻挡岁月的侵袭保持貌美如花？我一定要解开这个谜团。

"你和我妈妈年纪差不多，我该叫你阿姨才对，但你这么显年轻，我又叫不出口。"我看着她迷人的眼睛，试探着该怎么称呼她。

"不要叫我阿姨，就叫名字吧，我喜欢别人这么称呼我。"陈慧如诚挚地说。

"好，就叫名字。认识你很高兴，我们合个影吧。"我跟陈慧如套近乎，没想到她爽快地答应了。我靠近她站好，准备拍照的表情。陈慧如却不着急，她看看我穿的草黄绿上衣搭配黑色及膝裙，就从包里拿出一条与我的衣裙大致相近花色的围巾给我戴上，并说："围巾是女人必备的饰品，无论什么花色什么质地的围巾都要有，根据不同的衣装搭配围巾，你的女人味就自然显示出来了。"

站在一旁的岳林看看戴上围巾的我，向我竖起大拇指，看来效果不错。文池一直在认真选择拍摄角度，他摆弄我们站好后，先是站在一个高处拍摄，然后又跳下来蹲下拍摄，并让我们变换不同姿势和表情。拍摄完后，他给我们看效果，果然拍得很美。随后，文池又给我和岳林拍了几张合照。

岳林知道我下一步最想做的事是与陈慧如聊天，这个女人身上肯定有故事，于是他早就瞄好了附近的一个凉亭，热情地邀请文池夫妇去凉亭坐坐，休息一会儿。我感慨岳林是最懂我的，不等我开口，他就知道我下一步想做什么。可陈慧如对拍照的兴致很高，她说："今天有免费摄影师，你们不多拍几张靓照？"

我拉着陈慧如说："谢谢你们了，我们先休息一会儿，吃点水果，聊聊天再拍怎么样？"

"你说的有道理，我们去休息。"陈慧如不但说话语言柔和，而且颇为善解人意。

我们一行四人来到凉亭，刚好有一张石桌，四张圆形的石凳，岳林从旅行包里拿出水果，卤鸭脚，矿泉水摆上桌，请文池夫妇一起享用。文池夫妇说着谢谢，我们就像老朋友，边吃边聊了起来。

"你们是怎么保持这么年轻的，这是我最想知道的问题。"我直奔主题，文池看着夫人笑笑，再转过来看着我说："我们心态好，有自己的爱好，尤其喜欢户外运动，吃得清淡，不会为俗事烦恼。"文池淡淡地说。

"就这些?"

"当然不止这些,我们喜欢新鲜事物,喜欢和年轻人交朋友,凡是年轻人喜欢追求的东西,我们都愿意去尝试。"

"还有呢?"我继续问。

陈慧如接过话茬:"还有就是喜欢学习,学习是美丽成长的基础。比如我,学习的欲望就很强烈,我想学习英语,这样,环游世界、走遍天下都不怕;我想学习一门实用知识,比如烹饪、养花、养鱼等,以陶冶情操;我甚至想学习中医,希望在养生方面有所获益,同时能够帮助别人,我希望这种学习能使生命变得更加充实完美。有了自己充实的生活,就不会孤独,也不会成天牵挂着儿女,成天希望儿女来陪伴。不要以为年纪大了就不要学习了,这是非常错误的观点,只有活到老学到老,你才不会感觉年龄对自己的威胁。"

打开了话匣子,陈慧如不再我问一句答一句,而是把自己对美的看法像竹筒倒豆子一般说出来:"我认为美丽不分年龄,不管活到什么岁数,一定美丽到老。女人有各种老法,而我,只希望能优雅地老去。"

接着陈慧如引用一个著名节目主持人的话发表感慨:"在我们中国,女人年过二十五不再谈青春,年过三十五不再谈年轻,年过四十五,无论曾经如何貌美如花,就不再谈姿色。她们忽略了女人可以永远谈美丽。这话说到我心坎里去了,我们中国女人确实缺乏美丽到老的信心和追求,我真的感到惋惜。"

说到这里,陈慧如似乎有些遗憾,她继续说:"我女儿去年嫁到了法国,我的亲家母60多岁了,照样经常逛街买时装,经常上美容院,健身房,还喜欢穿高跟鞋。我女儿说,在法国,年老仍旧风姿绰约的女性比比皆是。我女儿还提到了一个叫安妮的90岁老太太的故事,她说,这个法国女人50岁创建了自己的化妆品品牌,60岁时学习了包括中文在内的四门外语,70岁时开始学跳交谊舞,80岁时成为了画家，90岁时她挑战跳伞，并取得成功。"陈慧如怕我不相信她说的话特意打开手机给我看："这是新闻都有报道的，不会是假的。"我连忙回答："这条新闻我也看到过，千真万确。"

陈慧如感慨地说："这位活力四射的女人，永远不服老、永远追求美丽人生是她永葆青春的快乐秘诀，她是我崇拜的偶像。"

我点头对她说的表示认同，她继续说："但在我们中国，女人年龄大了就没有了对美丽的追求，更让人不可理解的是，她自己不爱美也就算了，对穿着时髦点的女性还笑话人家'老来俏'，甚至认为老不正经。我就亲耳听到有人对我冷嘲热讽，说我穿这么靓，给谁看哪？似乎女人年龄大了，就不该美好，似乎女人美丽，不是为了自己，而是为了吸引异性的眼光，很多对自己的外表不讲究的女性经常说的一句话是，反正又不嫁人了，还那么讲究干什么？这些人对美丽的态度显然出现了偏差，她们认为女人不是为自己而美，而是为取悦男人而美。"陈慧如说到这里，感到深深惋惜和不理解，她拿过一瓶矿泉说喝了一口。

"现在的社会越来越喧嚣浮躁，你认为的美丽是不是指我行我素追求美的东西呢？"我对陈慧如谈论的话题越来越感兴趣，于是顺着她的思路提出了另一个问题。

"我认为，人是为自己活着的，不是给别人看的，美丽需要高质量的生命体验，美丽人生首先是自己喜欢的人生，当自己看重内心美好体验和外表美好装扮的时候，我们对喧嚣与浮躁是可以视而不见的，我们会沉浸在享受美丽生命的喜悦里。女人的美丽是一种穿透岁月的修养，因为它来源于丰富的内心和对自身命运的把握。我的态度是，做女人必须精致，没人鼓舞也要飞翔，没人欣赏也要芬芳。"

"那你怎么看待外表美和心灵美呢？"我又提出了这个大众关心的问题。

"有人说，没有人有义务必须透过连你自己都毫不在意的邋遢外表，去发现你优秀的内在。我非常认同这种观点。的确，心灵美丽是所有美丽的基础。问题是，有了内在的美丽，为什么不让外在的所有都一起美好起来呢。美丽是我们疼爱自己的方式，也是对别人的尊重，更是一种对生活的态度，女人长得漂亮是优势，活得漂亮才是本事。我相信，一个内外双修的女人运气不会差，活得一定精彩幸福。"

"你说得太好了，我深受启发，以后，我要多向你学习，我们还要带动更多的女性一起美丽好不好？"

"当然好啊！我们一起努力。"

"太精彩了，真佩服你们，对人生有这么深刻独到的看法，我算是领教了，受益匪浅，认识你们真高兴。"一直认真倾听的岳林由衷地说。

"你们这么谦逊而真诚，相信你们比我们活得更丰富。"文池回应道。

"能认识你们是一种缘分，我们四个人一起合个影吧。"陈慧如提议，大家马上附和。文池起身去找拍摄角度，我们跟着起身，回到草坪，看见两个姑娘在互相拍照，文池调好相机，请其中一个姑娘为我们拍合影，姑娘高兴地答应了，我们四个人一字站好，做了个胜利的手势，大家笑得花一样灿烂。

责任

　　这个秋天又是一个收获的季节，于阳被一家全国知名的财经类媒体高薪聘请，我再一次被破格提拔为《生活周刊》的主编。经过这几年磨炼，我已经成为业务骨干，于阳做主编的这两年，他还教了我很多管理经验，加上我还算勤学好问，也喜欢思考，所以，现在当上主编，我并没有感到力不从心，而是驾轻就熟。

　　另一个好消息是岳林所在公司罗总的夫人耿凤莲被评为全国优秀教师，刚从北京开完会回到江海。我凭着得天独厚的条件第一时间约了耿老师，去做耿老师的专访。

　　这天是周三，罗总和岳林在公司开会，我没有惊动他们，带上另一名记者李超去见耿老师。

　　我们说明来意，耿老师很热情地接待我们，她把我们带到书房，然后去沏茶。耿老师家给我们的第一印象是非常干净整洁，第二印象是书房很大，甚至比客厅还大。书房进门对着阳台，南北两面墙都装着书柜，南面墙上柜子里装的是罗总的书，大多是经济类的，北面墙上的柜子里装的是耿老师的书，大多是教科书和工具书，在这两个书柜里，我所知道的世界名著都能找到，他们夫妻俩喜欢读书，他们的儿女也是以读书为乐。罗总曾经说过，他无论到哪里出差，唯一逛的商店就是书店，唯一带回家的礼物，就是各种有益的书。

　　靠门的墙上挂着一幅当代书法家黎藩先生的书法作品，内容是毛主席的《沁园春·雪》，黎藩先生的草书很有神韵，给这间书房平添了书香气息。

参观完耿老师家的书房，耿老师沏好了两杯菊花茶递给我们。我接过茶说"谢谢嫂子，打扰了。"

她连忙说："哪里话，欢迎你们。"说着让我们坐下，然后拿出全国优秀教师获奖证书给我们看，眼神里全是自豪。

"总书记亲自接见了我们，还与我们握了手，合了影，还发表了重要讲话，我深受鼓舞，真的是太光荣了，我一生难忘。"耿凤莲滔滔讲着在北京的种种荣耀，我们倾听的人都被她深深感染了。

"能与总书记握手的毕竟是少数，因为总书记不可能与所有的参会优秀教师都握手，你怎么就这么荣幸呢?"我顺着耿老师的思路提问。

"总书记接见我们是在一个大厅里，参会代表有三百多名，排成四排站着，我被安排在第一排的最左边，总书记最后一个与我握手，还问了我来自哪里，叫什么名字，是教什么的，我当时一一作了回答，总书记笑着对我点点头，对我说辛苦了，态度非常和蔼。"说完，耿凤莲拿出一张合影给我们看。

"你们看，我在这里。"我们循着她手指的方向看去，看到了笑得很灿烂的耿老师。

"安排在第一排的应该是优秀中的优秀者吧?"我又问。

"这个我不知道，我觉得个个都很优秀，怎么站队应该是大会组委会早安排好了，到了现场是一个一个点名让站上去的，非常严谨。"

"能评为全国优秀教师，很了不起，说明你在教育学生方面是有独到之处并做出了突出成绩的，我们想了解你的教育理念，教育方法、教育效果，可以吗?"

"我做得很不够，这次能评为全国优秀教师，我万万没想到，如果说取得的成绩，那是集体智慧的结晶，荣誉属于我们整个学校。"耿凤莲谦虚地说。

"是的，我们早听说你们学校校风不错，学生素质高。"

"是啊，我们学校以德育教育为本，不单纯追求升学率，但我们学校的学生考入大学的升学率是全省最高的。"

"那你们是怎么做到的呢？有什么经验值得推广？"

"我们学校的经验我也说不好，你们去采访我们校长比较好。"

"好，你们学校的经验我们另外找时间去了解，今天就说说你自己的经验吧。"

"好吧，我也没准备，我想到哪说到哪可以吗？"

"当然可以。"

于是，耿凤莲阐述了她全新的教育理念和教育成果："我从参加工作到现在，从没间断当班主任，我喜欢和孩子们在一起。我认为，学生没有好生差生之分，不管学习成绩好与坏，我都一视同仁，从不厚此薄彼。因为我不会以学习成绩的好坏否定孩子其他方面的优秀，其实每一个孩子都有闪光点，他们就像种子，只是每个人的花期不同，有的开花早，有的开花晚，有的开得绚烂多姿，有的开得低调含蓄。我是这么看学生的，无形中带给学生平等意识，所以，在我的班级中，学生个个性格阳光，没有特别自卑的，当然也没有特别骄傲自满的。

"我比较重视学生个性的发展，我不搞加班补课，更不搞题海战术，我重视培养学生个性与特长，每个学期都要举行两次让学生展示自己特长的活动，这样，他们的积极性创造性得到比较充分的激发，在特长展示活动中，他们各显神通，他们的创新能力会给你带来很大的惊喜。

"最重要的，我非常注重培养学生的责任感。有责任感，我觉得这是做人的根本。有很多学生读书要家长操心，完成作业也要盯着，老师更是不敢有丝毫放松，需要时时督促，我认为这就是对自己不负责任的表现。在我们班上，我是从日常小事上做起，培养学生的责任意识的，比如，我让学生自我管理，班干部实行竞选制，谁当了班长，班里秩序不好，他就要担起责任，分析原因。班里搞卫生实行值日制，谁值日，谁就要负责把卫生搞好，如果教室里脏了，值日生就要挨全班同学的批评。开始时，有些人不大容易接受这种教育，认为多做点事就感到吃了亏，我们班就开展了'吃亏是亏还是福'的讨论活动，在活动中，我让学生懂得，喜欢占人便宜的人，往往吃大亏，因为他被别人厌恶；愿意吃小亏的人，将来会占大便宜，因为他被人喜欢。平常，我们总是及时地给肯吃亏、负责任的同学点赞，对不负责任的同学给予批评帮助，久而久之，大家就形成了共识：推卸责任是可耻的行为，做人做事要敢于负责。这样持之以恒的结果就是自己的事自觉完成，班上出了问题大家都往自己身上揽责任，而不是推责任。'班里出现不好的现象，我有责任'这句话成了每个同学的共识，这样，负责任的人越来越多，比如班上灯泡不亮了，就有人抢着去买来换上，门把手坏了，有人修理，地上有垃圾，大家自觉捡起来丢进垃圾桶，水龙头在流水，有人去关上，课后遇到天下雨了，有人跑去教室或宿舍，看玻璃是否关上，等等，举手之劳就做了好事，大家认为很光荣，而那些总认为事不关己，不愿意付出的人就受到舆论的谴责。这样，要求学生从自己身边小事做起，培养学生责任意识，起到了事半功倍的效果，老师不用成天去盯着学生完成作业，因为这是他们分内的事，自己必须负责完成，老师也不用成天去管理他们的日常生活，因为这是他们自己的事就必须做好，否则就是不负责任，他们犯了错，也不会忙着找客观原因推卸责任，而是主动在自己身上找原因。我认为，一个人只要对自己对他人负责，不管能力大小，聪明与否，他都会成长，从而成就自己。

"其实说白了，教育就是培养人的精神长相，教育者的使命就是让学生逐步对自己的精神长相负责任，教育者永远不要指望训斥打骂压制学生就能让学生学会服从，这样做很可能适得其反，要致力于培养人身上的精神'种子'，这样教育才能结出硕果。

"我带的班虽然开展了很多社会活动，学生都乐于做好事，表面看似乎耽误了学生的学习时间，但实际上这样做激发了学生的内在动力，他们学习是高度自觉的，所以，我们高考的成绩令人刮目相看，去年高考，我们班一共 58 名学生，就有 16 人考进了清华、北大、复旦、厦门、南开大学，其余都考入了其他本科大学，不仅如此，校篮球冠军，乒乓球冠军，演讲冠军等都被我班夺得，而电脑高手，写作高手，奥赛高手，发明高手在我们班比比皆是。我的女儿就很有演讲天赋，学习也不错，她以优异成绩考进了清华大学。"

　　听耿老师一席话，我感觉如沐春风。她的教育理念果然不同凡响，教育效果好就不足为奇了。

　　做完专访，我们准备离去，罗总却和岳林一起过来了。罗总说："耿老师告诉我今天你们来我家做专访，开完会我就邀请岳林一起来了，平时想请你们吃个饭，大家都忙，今天趁这个机会，咱们一起喝两杯，怎样？"

　　"太麻烦你们了，不如出去吃，我请客。"我说。

　　"你说哪里话，到了我家还要你请客，我亲自下厨，做几样小菜，尝尝我的手艺，就这么定了。"罗总说这话时是不容商量的口气。耿凤莲也热情挽留，岳林笑着说："恭敬不如从命，就留下吧。"于是，我们在客厅坐下。

　　罗总去了厨房，耿凤莲忙着给我们倒茶，岳林起身去了厨房，说是去帮忙。

　　这时，一个十五六岁的男孩子走了进来，耿凤莲向我们介绍："这是小儿罗优。"转而又向儿子介绍我和李超。罗优很有礼貌地向我们打了招呼，随后就去洗了手，然后拿起茶壶给我们续茶，顺手把茶几上放着的一把水果刀放进刀鞘里，又拾起垃圾桶边上的一张废纸丢进去，他做这些事情时，似乎是一种习惯。做完这些，他没有像我们想象的那样去自己房间待着，等着父母做好饭喊他吃，而是直奔厨房。我问耿凤莲："这孩子见事做事，很勤快，难道他还会做饭?"

"当然会做，在我们家，每个人都会做饭，洗衣，收拾屋子，我认为，会做家务是一种家庭责任，原因很简单，因为这不是哪一个人的家，不能指望哪一个人做家务，其他人坐享其成。关于家庭责任感的教育，我也是从身边小事训练的，现在我们家的家庭卫生每个人都很维护，进了门，没有哪个会把衣服鞋子脱下来乱放的，都会自觉归置好，更没有人乱丢垃圾，家里一旦产生了垃圾谁看到了都会当场处置好。做饭这种事，我们家是谁先回到家谁做，回来晚的都会自觉主动地去帮忙，不会有谁做甩手掌柜。每个人的衣服都会自己洗，自己收拾，所以，作为家庭里的女主人，我不会为琐碎的家务烦恼，可以有更多的时间花在钻研教育教学上。"耿凤莲刚说完，罗总和岳林从厨房走了出来，岳林说道："罗优真是勤快，他到厨房，就硬把我和罗总推出来，说爸妈应该陪客人聊天，做饭他一个人就可以。"

看到一个十几岁的男孩子这么能干，我突然想起一个朋友教育女儿的往事，朋友对独生女儿娇生惯养，只要求女儿好好读书，从来不舍得让女儿做家务，她觉得做家务没出息，结果，她女儿成绩倒是上去了，但这个孩子坐享其成养尊处优惯了，不但二十几岁了什么都不会做，生活小事都依赖别人，还自私狭隘，没有什么朋友，如今连找对象都成了老大难。我不由问耿凤莲："优优读书也很拔尖吧!"

"是的，优优上高二了，是班里的学习委员，成绩一直是年级前三名，他情绪稳定，性格阳光，学习上有自己的独特方法，他的目标是考北大，他认为不能落后于姐姐，我认为优优实现目标应该不会有问题。"耿凤莲对自己的儿子充满信心。

"不要老是关心别人，你们也该关心关心自己了。"罗总转移了话题："你们两个相识相知也四五年了吧，你们也老大不小了，也该考虑办喜事了。"

"是啊，你们是该考虑结婚了。"耿老师连忙附和。

"谢谢罗总和嫂子的关心，我们也在考虑这个问题，打算年底把喜事办了。"岳林回答完罗总的话微笑着看看我，我点点头，表示认同。

"那就好。"罗总夫妇几乎异口同声地说。

"你们去见过两家父母了吗？"耿凤莲关心地问。

"还没有，正在安排。"岳林回答。

"工作重要，结婚也重要，我给你批假，尽快把喜事办了。"罗总快人快语，关怀备至。

"谢谢罗总、嫂子，我们会尽快安排。"岳林满心欢喜，无比感激。

淳朴

从罗总家吃完中饭出来，李超就去参加另一个采访活动了。岳林送我回办公室。我感慨地说："我怎么感觉罗总夫妇像我老爸老妈一样催促我们办婚事？"

岳林笑着说："一是罗总夫妇关心我们，把我们当作亲人；二是到了他们这个年龄，自然就对未婚年轻人的婚事特别关注。"

"丑媳妇总要见公婆，你打算什么时候带我去见我的准公公婆婆？"认识岳林这么久，没有去见见老人真有些过意不去，我于是主动提出来。

"这有何难？那就这个周末带你这个俊媳妇去见公婆怎么样？"

"好啊，就这么定了。"我满口答应下来。

岳林把我送回办公室就急着赶回公司去了，他说他得把手头的工作忙完，争取周五就带我回老家看父母。我想我也得把工作安排妥当，才能安心出门。

晚上，岳林忙着加班，我一个人来到江海最大的购物广场阳光城，准备给准公公婆婆买礼物。我知道阳光城二楼有中老年人服装店，于是直接上楼。我平常比较忙，没有女孩子挨家挨户慢慢逛店铺的习惯，购物都有固定场所，往往直奔目的地，既省时又省力。

来到二楼中老年人服装店，老板刚购进了很多新品，我先浏览了一番，买什么已经心中有数，于是来到位于左边的女装专柜给准婆婆买了绒线帽，毛呢外套，棉鞋。又到右边的男装专柜给准公公买了保暖套装，到隔壁的男鞋店买了毛皮鞋，我让老板给我打包，又马不停蹄地到一楼的副食品商店采购江海特产，买了海产品，保健品，还有一些适合老人孩子吃的零食。因为之前做足了功课，比如，岳林父母服饰的尺码，喜欢的款式颜色等，以及他们身体的状况，喜欢吃什么口味等内容，我都搞得一清二楚，所以，看似复杂的购物活动，我用两个小时全搞定。

周五，我和岳林各请了一天假如期去往岳林的老家。岳林的老家位于湘赣交界的山区，他家属于湖南，从江海开车到他家乡原来要8个多小时，这两年修通了高速公路，时间缩短了3个多小时。

开长途车对我来说是件非常困难的事，但对岳林来说却是家常便饭，所以，他不让我开，他说我只要负责看风景听音乐或者睡觉就行了，话虽这么说，但我也不忍心一路都让他开，毕竟长途开车很疲劳。在我的坚持下，岳林答应我只开半小时，我表示同意，两人互换了位置，我系好安全带，启动了汽车。

这条路宽敞平整，视野开阔，而且车辆很少，比在城里开车爽多了，我让岳林放心休息一会儿，等我开累了就叫他，但他不肯睡，说不想浪费良辰美景，他不时看表，半小时一到，就说什么也不让我开了。

虽说这样的路好开车，但我天生就不喜欢开车，在岳林坚持下，只好同意让他开。一路美景一路歌，两个相爱的人在一起的路总是感觉很短，不知不觉，岳林的家已渐行渐近。

下了高速，走了一段水泥公路，就到了岳林家所在的同和县，岳林说，再开一个小时左右，就到家了。

从县城通往岳林家的这段路虽然也是水泥公路，但明显窄了许多，路上的车辆也很多很杂，大货车，小汽车，拖拉机，摩托车，自行车都有，开车不像在高速路上畅通无阻，速度自然慢了许多，岳林边走边给我介绍路边的村镇的名字，到了一个非常繁华的集镇，岳林停下车告诉我，这个镇叫万安镇，他就是这个镇的，他所在的村离这个镇还有4公里，一眨眼就到家了。

真的是一眨眼的工夫，我们来到了一个美丽如画的村子，村口一块巨石并排刻着"石河村""枫林村"六个红色大字，村前是一片广阔的田野，一条笔直的河流把这片田野一分为二，村后是一座林木茂盛的小山，岳林说到家了。我奇怪一块石头上写着两个村名，就问岳林怎么回事，岳林说："我们这个村有一百多户人，村子不算大，却住着两个县的人，石河村属于同和县万安镇，枫林村属于兴宁县紫江镇，两个村只由一条小巷子分开，看上去就像一个村子，外面来的人根本看不出来这里是两个村。""你是石河村的！"我像是发问，更像是自言自语："是的。"我还想继续问些问题，岳林已经在马路左侧的广场边把车停稳，只见一大帮人来到车旁迎接我们。岳林下车忙跟大家打招呼，我不等岳林来开车门就自己下了车，岳林过来拉着我的手把我介绍给这一大群人，我向大家点头问好。

　　随后岳林向我介绍来迎接的亲友，有村长岳天琪，他是岳林小时候最好的玩伴，有堂哥堂弟堂姐堂妹、表哥表妹若干人，有特地从镇上赶来的岳林的中学同学，在一大帮人的簇拥下，我们沿着一条窄窄的水泥马路向岳林家走去，我环顾左右，只见村民都站在自家门口微笑着看我，有的还挥手向我致意，那一份真诚让我感受到了友好和温暖。几分钟后来到了一栋青砖黛瓦的平房前，只见大门两边摆放着铁制的花架，架子上摆放着各种盆花，房前是水泥马路，隔着马路是一口池塘，池水清澈见底，池塘周围种着杨柳，左右两个角上各有一棵广玉兰，风景真是美到极致。

　　"到家了。"岳林提醒我，我回过神来，只见一对中年夫妇穿戴整齐站在门口迎接，他们身后还有几个年龄与他们相仿的中年人，不用岳林介绍，我凭感觉能猜出站在前面的这对中年夫妇是他的父母，不但因为岳林的眉眼和他们相像，就从他们的喜悦中我也能感受到，那份只有父母见到儿子媳妇才有的慈爱。果然，岳林拉着我的手来到他们面前："爸爸妈妈，这就是我经常跟你们念叨的湘楚，我把她带回来了，相信您二老会喜欢她的。"

"伯父伯母好。"我连忙笑眯眯向两位长辈点头问好，伯母走向前拉着我的手慈爱地问："好孩子，一路辛苦了，我和他爸可是天天盼着你来呢。"说着拉着我见身后的几位长辈，有岳林的叔叔婶婶，姑姑姑父，还有姨妈，大家一一问好，随后，岳林的妈妈拉着我进屋，屋里窗明几净，干净整洁，最让我想不到的是，一个书柜摆在进门的左角，书柜不大，但摆满了各种图书，我想，这就是传说中的农村"图书角"吗？我正好奇，只见岳林拉着爸爸的手边说边跟着进屋，一个年轻媳妇麻利地过来倒茶，岳林介绍说这是堂嫂杨青，热情能干，是村里的支部书记，我叫了一声嫂子好，那嫂子倒是个爽快人，她大声答应着，并回应说："弟妹好，早就盼你来了，等吃完饭我带你四处看看，我们村可美了。"

大家陆续进屋来，堂屋很宽敞，我看了看，屋里摆了四张圆桌，村长招呼大家按主宾和辈分坐下，居然次序井然，刚才出去迎接我们的堂哥堂弟堂姐堂妹们都进厨房帮忙，一会儿工夫，香喷喷的十二道地道的农家菜端上了桌，这种氛围酒是绝对不能缺少的，上的是自家酿造的米酒，按当地风俗，我和岳林首先要向长辈敬酒，在村长安排下，我们按次序给岳林的父母、叔叔婶婶、姑姑姑父、姨妈敬了酒，敬完酒，长辈都会给我一个红包，说是长辈给的见面礼，我极力推辞，但村长发话了，这是规矩，不能拒绝。我只好怀着不安的心情接了红包。几个回合下来，我感觉有点晕了，好在这酒口味醇正，香浓可口，喝起来回味绵长。

不容我多想，村长又安排我们给堂哥堂嫂，表哥敬了酒。当然，我们也给村长和两个同学敬了酒。一轮酒敬下来，我感觉头晕耳热，我知道我喝醉了，可是，下一轮是比我们年龄小的弟妹给我们敬酒，按规矩也是一人敬一杯，一杯也不能少，我怕喝醉了出洋相，就向岳林求救，岳林让我放心喝，不会有事的。听他这么说，我只好入乡随俗，硬着头皮继续喝酒。等该敬的都敬了，堂嫂杨青端来一碗汤让我喝，她在我耳边轻轻说："这是我们家祖传的解酒汤，既营养健康又好喝，岳林特意交代我做的。"我感动地说："谢谢嫂子，辛苦了。"嫂子大方地回道："这不应该的嘛，客气什么？"

这解酒汤果然神奇，我从未喝过这么多酒，但喝完后醉意渐渐消除，头不晕，口不干，而且人也神清气爽。事后，我向杨青嫂子打听解酒汤的方子，她说："很简单，用茭白，葛根，山楂，车前草，雪梨各50克煎水，煎至半碗，去渣，然后加上鸡汤调口味，解酒作用很明显，又没有任何副作用，这个方子百试不爽，很灵验。"

"这么好的方子我可要记下来，让更多的人分享。"我央求嫂子给我抄一份。嫂子说："这有何难，你告诉我手机号，我加你微信，发给你就是，其实，我早已经把这个解酒方子发到网上了。"

"你们说什么呢？好像一见如故。"岳林见我们说着话，打趣道。

"我们要说的可多了，吃完饭我还要带她游览我们村，她是我们村的人了，不能不了解我们村吧。"杨青的热情能干让我对她充满感激。这么一个村住着两个县村民的美丽小村让我充满好奇，我很想去了解它。

饭后，我跟岳林父母和几个长辈打好招呼，并请岳林多陪陪长辈们说话，就跟杨青出门了，杨青还叫上堂弟岳天作陪，这个年轻人大学毕业不久，还在找工作，杨青跟我说"岳天是学摄影的，等会帮我们照相。"

"你想得真周到。"我开始佩服起这个热情能干的堂嫂。

杨青边走边介绍村里的情况："我是枫林村人，高中毕业没考上大学，就回村当了农民，我觉得当农民也可以大有作为，现在，有文化又安心在农村的年轻人不多，我很快被镇里党组织纳入了培养对象行列，很快入了党，并当上了村妇女主任，后来又被选为村主任，4年前我嫁到了石河村，做了你的堂嫂。石河村原来的村支书是岳林的爸爸，他干了十几年村支书，为人公道正派，干了很多实事，在他任上，村里年年被评为县里的先进集体，深受群众拥戴，当我嫁过来以后，他觉得我年纪轻有潜力，接受新事物快，对村里的发展更有利，就主动退下来，向镇里推荐我当上了村支书。我当然不能辜负老支书的殷切期望，更不能让我们村落后，所以，我要努力把我们村建设得更美好。这几年，借着新农村建设的东风，我们抓住机遇，做了几件实事，如修了水泥路，安装了节能路灯，通了自来水，连接了互联网，建了休闲广场，建了村礼堂，特别是引进了休闲观光农业项目，观光农业服务部已经建成，在村后山上，我们除了原有的枫林，还造了桂花林，樱花林，紫竹林，还种了一片薰衣草，村前的农田里，除了传统的水稻，我们引进了无公害蔬菜，草莓种植，虽然现在效益还没有显现出来，但前景是美好的。村民也很配合，大家幸福感越来越强。"

我由衷地说："你真能干。"

"还要多学习，请你们这些高材生多提宝贵意见。"杨青是那种很有激情，又谦虚好学的人。

我们边走边聊，岳天不停地跑前跑后选角度给我们拍照。

走在村里，我发现家家户户门口或窗台上都养了花，就问杨青："这个村的村民很爱花吗？"

"是这样，为了推动村里精神文明建设，我们去年开展了家家户户置办一个书柜，读一本好书，养一盆花，植一棵树，学一首歌的'五个一'活动，一是为了丰富群众文化生活；二是为了美化家园。除此之外，我们还组织妇女成立了清洁督察组，督促每家每户搞好家里和家门口的卫生，每月开展一次评比活动，评出最干净整洁和最脏乱的家庭，并拍出照片公布在村里的公布栏里，这样一来，谁家也不愿意落后，效果非常好，你看，我们村很干净吧？"

"是很干净，还有什么是村里的特色？"犹如一股清新的文明之风拂面吹来，我对这个村越来越感兴趣。

"我们村的特色多了，比如，我们建立了孤寡老人和留守儿童关爱制度，开展一对一帮扶活动，我们村里的五个孤寡老人和十三个留守儿童都有人帮扶照顾。我们建立了大学生奖励制度，无论哪家孩子考上了大学，村里都拿出两千元至四千元奖励，这都是岳林的爸爸在位时建立的制度。还有就是我们两个村和睦团结，你中有我，我中有你，没有纠纷，我们两个村是全省睦邻友好的典范，我还去省里领过奖呢。"

"你说的'你中有我，我中有你'是什么意思？"我问。

"我们两个村联姻的特别多，大家既是邻里又是亲戚，互相照应，连居住都不受那条巷子限制了，有的老人随出嫁的女儿住到男方，有的女婿为了照顾岳父母落户到女方，这种现象很普遍，所以，大家不分你我。"

我们说着话，不知不觉来到了村后的山上，虽然已是初冬，但枫叶绿的红的黄的交错，层林尽染，美丽非常，岳天拍照的积极性更高。

来到桂花林，桂花的清香扑面而来，我喜欢桂花的香味，贪婪地吸吮着，陶醉其中。

"我们去看看薰衣草吧！"杨青说。

"这个季节，看薰衣草？据我所知，薰衣草的花期是六月至八月。"

"现在是高科技时代，原来桂花只有八月开花，现在一年四季都可以闻到桂花香，薰衣草也一样，瓶栽、棚栽或保护性栽培花期长，开花期不定，现在去看，包你饱眼福。"

杨青带着我们穿过一片还没有开花的樱花树林，来到一片开阔地，见到一个大型花棚，走进花棚，一个美丽的姑娘出来迎接，杨青叫她云迪，这姑娘穿紫色外套，身形灵动，眉眼清秀，看到她我脑海里顿时冒出"熏衣仙子"四个字。

云迪领着我们来到一片薰衣草前，果然花开茂盛，虽然规模不算很大，但看到这一片紫色花海，我还是抑制不住兴奋，云迪不厌其烦地在向我们介绍着薰衣草的栽培技术，它们的特性，品种，花期，等等，而我想到的是薰衣草的花语，它代表的是真爱，就像抒情诗那么美丽浪漫。

看完薰衣草，我们又来到村前的田园参观，杨青带我们来到石河边，河水浅浅的，但很清澈，站在一座石桥上，杨青告诉我们，这是一条人工河，是全国农业学大寨的时候修的，长约五公里，河的两边都是肥沃的良田，杨青说这片田是万安镇和紫江镇的粮食蔬菜主产地，如今，全是绿油油的蔬菜。岳天又不失时机地给我们拍了很多照片。

"走了一个下午了，该累了，我带你们喝茶去。"杨青说着带我们来到她的家，杨青家也是青砖黛瓦，除了门前没有池塘，格局和岳林家差不多。杨青的婆婆已经准备好了当地特有的莓茶，特意做了糯米饺子，还准备了各式各样的咸菜小吃，有鸭舌头，酸辣鸡爪，泡菜小江鱼，香辣干萝卜条，醋熘豇豆，豆腐乳等，杨青说，这是当地妇女聚会时常用的下茶菜，大家有空就招呼一声，今天到你家，明天到我家，边吃边聊，既融洽了气氛，和睦了邻里，也品尝了美味，享受了生活，其乐融融。

我道一声婶婶辛苦了，她大方地一笑："这有什么呀，都是自己做的小吃，很平常的东西，只要你喜欢，我就知足了。"

我们坐下开始喝茶，这种茶开始喝时有点苦味，但过后回味却是甜甜的味道，杨青说，这种茶解火去毒除湿，喝惯了很好喝的。

我品尝各种下茶的小吃，的确味道香辣鲜美，我在城里喝过不少下午茶，但从来没有这么有滋味。

见我爱吃，婶婶说给我带些回城里吃。我的确想把这些美味分享给庄蝶、艺兰、艺梅姐妹，还有耿凤莲她们几个嫂子，就毫不客气地说着谢谢，表示接受。

喝完茶我们又到枫林村各处转了转，感觉也是干干净净，人也热情。回到家，已经到了吃晚饭的时候，岳林问我有什么收获，我说，等退休了就住到村里来，这里不但风景优美，空气清新，土地肥沃，人也淳朴善良，幸福指数极高，我都舍不得走了。听我这么一说，我的准公公婆婆笑成了一朵花。

开饭了，我发现饭桌上多了许多用小碟装的当地小吃，足足有二十几碟，我问是怎么回事，准婆婆说："是乡亲们送来的，听说你爱吃这些，知道的乡亲都把自家制作最拿手的小吃送来了，你太有口福了。"

"啊？乡亲们怎么会知道我爱吃这里的小吃？"我吃惊地说。

"你婶婶那张嘴是有名的快嘴，外号叫'大喇叭'估计到明天会有更多的人知道。"准婆婆笑着说。

"那不是太麻烦人家了吗？"我感到过意不去。

"没关系，我们这里的人都很善良，我们村虽然不敢说达到了夜不闭户，路不拾遗的境界，但这里民风淳朴，热情好客，大家互帮互助蔚然成风。村里没有小偷小摸现象，二十年没有出过刑事犯罪，前年还被评为全国文明村。"准公公自豪地安慰我说。

晚饭后，客人都散去了，我们一家人围炉而坐，我把给他们买的礼物拿出来，他们高兴得合不拢嘴，准婆婆从里屋拿出一个红布包，缓慢地一层层打开，我屏住呼吸，感觉气氛非常庄重，她拉住我的手，把一对金手镯交到我手上："这是我们家祖传的宝贝，虽然不是很值钱，但对我们家而言非常金贵，这是我们家一代代传下来的，传到谁的手上，不但表明我们岳家对她的高度信任，也意味着接受这对手镯的人将承担对岳家的责任和担当，岳林是我们家的长子，我们岳家家风淳朴厚道，以诚为本，以善为魂，本分做人，诚恳做事，你一定要做好榜样，把我们岳家的家风传下去。"

我拿着这一对不知传了多少代的金手镯，感觉分量沉甸甸的，我慎重地把手镯包好，对着准公公婆婆说："伯父伯母，你们放心吧，我会好好保管这个传家宝，好好传承岳家的家风的。"

"既然你表了这个态，就不要叫我们'伯父伯母'了，叫爸爸妈妈吧。"准婆婆说完，两位长辈各自拿出一个红包塞到我手上："这是改称呼的红包，收着吧，孩子。"我正要推迟，岳林开口了："这是老辈传下的规矩，不能拒绝的。"说完，岳林倒了两杯茶，交给我一杯，自己端了一杯，说："我们给爸爸妈妈敬杯茶吧，从今天起，你就跟我一样，叫他们爸爸妈妈吧。"

我接过茶，与岳林四目相对，两人默契地点点头，同时献茶："请爸爸妈妈喝茶！"

两位长辈会心地笑了，我知道，他们对我是满意的，这得益于岳林经常在他们面前说我的好，也是他们善良醇厚的体现，他们总把人往好处想，他们的心灵永远是那么纯净安详。

第二天，果然又有不少乡亲来给我送小吃和当地土特产，我感觉无以为报，后悔没有多带些礼物来送给乡亲们，岳林说："我们这里的人不图你回报，他们送你点自家做的小吃，只要你真心喜欢，他们就高兴了，以后村里搞建设，我们争取多捐点款做点贡献，这就是对乡亲们的报答了。"

听岳林这么说，我心里就有数了，我准备回去后就给村里捐款。

当我们要离开的时候，除了本家亲戚，杨青、岳天琪和一大帮乡亲也都来给我们送行，大家七嘴八舌说着出门在外好好保重，多回家看看之类的话，在依依不舍中，我们的车徐徐启动，大家挥手致意，那场面让我久久感动。

分享

从岳林家带来一大堆好吃的，我想请耿凤莲、洪丽琴、李美如、庄蝶、杨杰、金艺兰金艺梅姐妹一起吃晚饭，一是想请大家分享家乡的小吃；二是想请大家聚一聚，叙叙旧；三是我要结婚了，想请教大家怎么做一个好妻子，讨论如何才能让婚姻幸福长久！岳林觉得这个主意好，就帮我备好酒菜，说："客人全是女人，我就不掺和了，你们好畅所欲言，怕你忙不过来，所有的菜我都给你加工好，到时你只要加热一下就可以了。"

岳林如此周到体贴，我其实对我们的婚姻很有信心，但作为一个媒体人，我觉得我有责任让更多的家庭幸福，我做些努力是理所应当的。

我的邀请得到大家的积极响应，只有杨杰因为出差不能参加，其余姐妹都爽快地答应了。

我要求大家6点之前赶到，金艺梅5：30就到了，她说，她是来帮忙的，我也不客气，让她帮我准备酒杯和碗筷，并把家乡带来的小吃用小碟分开装好摆上桌，我则忙着做菜，岳林准备了6个菜，除了青菜，其余的菜都是成品或半成品，我只要加下工就好了，不用费很大工夫。

大家很守时，6点之前都陆续赶到了，看到满桌美味小吃，姐妹们个个表情惊喜，大家围桌坐下，金艺梅已经给大家倒上了我从家乡带回的米酒。我宣布，大家先喝酒吃小吃，等会儿再上自己做的家常菜。

"这么多吃的还做什么家常菜，不是浪费吗?"洪丽琴说。

"是啊，不用做了。"大家附和。

"我都做好了，总要做点家常菜，万一你们吃不惯这些小吃，不是要饿肚子吗?"

"那我们就不客气了。"耿凤莲说着，第一个拿筷子品尝起来。

"二十多个品种的小吃，真不知从哪儿吃起。"庄蝶笑着说。

"管他多少个品种，一样一样的品尝，别斯文了，赶紧吃吧。"洪丽琴大声说。于是，众姐妹都举筷开吃，李美如最后下筷，我知道她平常吃得清淡，很少吃腌制和咸辣的东西，所以，我还怕她不来呢，但她吃了一点醋腌小笋后，居然眉开眼笑，说:"岳林家乡真是美食故乡，平常的小笋也能做得这么美味。"

金艺兰也是极其讲究保健的，但今天也顾不了那么多了，她夹了一片香干豆腐尝了尝，也是赞不绝口。庄蝶夹了一个酸辣鸡爪，吃得津津有味，耿凤莲则对酱猪舌感兴趣，边吃边说着确实不错，金艺梅干脆一手拿着桂花糕，还没吃完，又夹个鸭舌头放进嘴里，好像生怕被人抢似的，这个平常气质优雅的小妮子在美食面前率真可爱极了，洪丽琴更是嚷着要去岳林家乡学习制作小吃，然后开个小作坊赚大钱。

这时，我举起酒杯给大家敬酒:"这酒也是从岳林家带来的，口味极好，我那天喝了十几杯也没有醉，来，我敬各位!"说完，我把满满一小杯米酒喝干，耿凤莲表示从不喝酒，不肯喝，我把她的酒倒一半到我杯里，告诉她这酒不喝会遗憾的，让她尝尝，她闻了闻:"这酒是很香，难得今天姐妹们聚会，盛情难却，我就破个例，尝尝。"于是她抿了一小口，她先是皱了皱眉，随后眉头舒展开来，说这酒和别的酒真的不一样，别的酒苦涩难咽，这种酒有种特别的香醇，还带点甜味。看耿凤莲都喝了，大家都把酒干了，于是又是一片赞美声。

酒过三巡，我去把自己做的家常菜端上桌，大家吃得很开心，话也多起来。

"岳林的家乡人真会吃，平常的鸡鸭鱼肉和果蔬，都能制作成这么好吃的小吃，今天我算开了眼了。"洪丽琴大大咧咧，羡慕之情溢于言表。

我解释道："岳林家乡有一个习俗，妇女们有空就呼朋引伴聚在一起喝茶聊天，喝茶总要准备点吃的，那里民风淳朴，有什么好吃的总要叫大伙分享，分享的结果是谁家做的小吃好吃自然得到大家的赞赏，于是大家想方设法绞尽脑汁制作小吃，久而久之，大家就都成了美食家。"

"那里的人们幸福感一定很强。"金艺兰无不感慨地说。

"那是一定的，俗世的幸福，都是从吃的喜悦开始的。"说到吃，洪丽琴的话最多。

"那也不一定，吃，对现在的人来说已经不像从前那么重要了，以前物质贫乏，有上顿没下顿，所以人们认为即使做官也是为了一张嘴，如今，人们天天像过年一样，对吃的要求自然就没那么高了。其实人的幸福感强不强，由很多因素构成，人们的温饱问题解决以后，追求幸福的内容也越来越丰富，对精神世界的追求会越来越重视。"李美如抛出了自己的观点。

"你们说得都有道理，但我认为，幸福就是一种感觉，心态好的人，即使没房没车，吃萝卜白菜，也整天乐呵呵的，心态不好的人，什么都不缺，也照样过得不开心，你们说是不是？"耿凤莲像在课堂一样设问。

庄蝶姐姐始终在认真听各位发言，金艺梅帮我忙着给大家斟酒，大家都在拒绝喝酒了，看看大家喝得差不多了，我于是端起酒杯请大家喝团圆酒，大家纷纷响应。喝完了酒，我推荐大家吃葛根糍粑："岳林的家乡人男女老少都喜欢吃这种小吃，他们叫这种小吃'长寿粑粑'，据说他们村里人因喜欢吃这种食品得心脑血管病的很少，还美容养颜。"大家听我说得这么神奇，纷纷举筷品尝，一叠葛根糍粑很快光盘。金艺梅说给每个人添米饭，大家都说吃饱了。我把早准备好的水果拼盘端上来，请大家吃。然后提议："饭后，我和金艺梅想听听各位聊聊怎么维持婚姻幸福，在座的各位都婚姻美满，我们两个快结婚了，给我们分享分享怎么样？"

大家纷纷说好，没问题。

"我先说。"洪丽琴发言积极："我和我们家老邓没有你们浪漫，我们也没有说过'我爱你'这些肉麻的话，但我们结婚快三十年了，依然感觉良好，当然我们也时常拌嘴，有时还吵得很凶，不过我们吵架从来不记仇，几分钟就没事了。我的经验是认真对待生活，哪怕是从前生活困难，我也会把房子收拾得干干净净，家里总要种上花，这是我和老邓的共同爱好。我也喜欢学习烹饪，做菜时，哪怕有一样佐料不齐，我也要跑一趟市场买来，绝不偷懒将就。穿着上，我不求名贵品牌，但绝对要穿着舒适健康，反正我认真对待生活的每一个细节，尽我所能让自己，让老公孩子过得舒服，这就是我的生活，平平常常，自由自在。"

听了洪丽琴的话，我想到了"平平淡淡才是真。"这句话，有她那份认真对待生活的平常心，自得其乐，自是外面的世界变成名利场又与她何干？

洪丽琴说完，大家都觉得她很会过日子。

金艺兰接过话茬："我认为婚姻的好与坏，关键在我们女人，女人一定要百般呵护自己，让自己优雅、健康、美丽、智慧、独立，这样，你才能永远掌握主动权，立于不败之地。如果女人不学习，不成长，没有格局，没有品味，让自己落伍于社会，甚至邋里邋遢，不注意形象，遭到不断成长的丈夫抛弃就成为必然。女人自己美好，也可以让丈夫很有面子，他自然对你爱护有加，这是一种良性循环，丈夫以你为傲，珍惜你，你也会加倍的爱丈夫，这叫夫妻共同成长、比翼齐飞。这样的夫妻焉有不幸福之理！"

金艺兰的话印证了一位婚姻问题专家的一段名言："女人只要对

自己好，不管你嫁国会议员还是嫁建筑工人，都会过得幸福。因为女人善待自己，心态一定坏不了，心态好的人，幸福感就强。

金艺兰的话音刚落，大家纷纷点头表示认同。

耿凤莲发言了："夫妻一起生活，其实是很不容易的，我们这群人，都是男女双方有各自事业的，矛盾在所难免，但怎样规避矛盾，就是一门大学问，我认为，在婚姻面前，肯低头，就永远不会撞门，肯让步就永远不会退步。夫妻间和睦相处靠包容，多替对方着想，不遗余力地成就对方，也就不知不觉地成就了自己，修得胸中雅量，蓄得一生幸福。这是我的心得。"

大家知道耿凤莲夫妇事业心都很强，孩子小时，曾经因为家务问题闹过不少矛盾，但后来他们经过冷静的交流对话，达成了互相包容，互相体贴，分工合作干家务的共识，家里的一切就都变得井然有序，他们夫妻在事业上比翼双飞，孩子的教育也很成功。她的话很触动大家，如何处理好爱情家庭与事业的关系，他们就是典范，所以，她的话同样得到了大家的赞赏。

"我也说两句。"李美如说话了："都说千金易得、知己难求，我觉得这话很有道理，婚姻的最高境界，就是彼此懂得。两个人，不必过多的言语，便能心领神会，看着你，就能读懂你的眼神和表情，能看穿你的脆弱和无奈，看懂你的坚持和执着，知道你什么时候需要提醒，什么时候需要安慰，也知道你什么时候只要无声的陪伴就好，婚姻中的两个人心中都有这样的期待，因为懂得，所以安心。也因为懂得，所以自在。如果在一起的两个人说话做事之后总是不理解，不理解你心中的追求和热爱，不理解你意识里的胆怯和欲望，还要与你不断的争吵，那生活得多累！所以，我追求的幸福婚姻就是彼此懂得，它可以让一个人变得与众不同、无可替代，在懂得面前，财富、容颜都变得无足轻重。"

"那你说的懂得怎么才能做到呢？"洪丽琴问。

"婚姻是需要经营的，首先，你愿意花心思去读懂对方、理解对方，又愿意为对方付出，这才是关键，当然，这需要夫妻双方都有这个共同愿望。很多夫妻一开始并不默契，但久而久之就变成了神仙眷侣，这就是夫妻长期修炼的结果。"

"这种境界，普通人可能难以达到。"洪丽琴发表自己的看法。

"只要相爱，只要用心，应该可以的，张爱玲有句名言'因为爱着所以慈悲，因为懂得所以宽容'，我很推崇这句话。我和我们家何为就是这样修炼出来的，我们已经达成了高度的默契，一个眼神足以表达千言万语。"李美如说。

大家听得入了神，良久没有人说话，最后大家如梦初醒般点头称是。

庄蝶见结了婚的都已经发表了看法，她再不能沉默，于是清了清嗓子，说："我的婚龄不长，刚才听了各位姐姐的发言，获益良多，虽然我对如何经营婚姻思考不多，但粗浅的体会还是有一些，我跟张品相识相恋5年才结婚，期间也经历了一些波折，张品家境良好，人长得帅，又有才华，为人谦和，工作出色，仰慕他的女孩自然不会少，曾经有个白富美小姐对张品死缠烂打，还打电话威胁我，说张品是高富帅，我配不上他，让我放手。那段时间，也有好心人来提醒我说张品移情别恋，让我当心，我当时很难过，但我摆脱内心挣扎后还是选择了信任他，就像没事人似的和他相处，我知道，我没有好的家庭背景，更没有美貌如花的颜值，但我善良、真诚，也很自信，我一方面努力让自己成长；另一方面与他交往如常。我在想，他若爱我，就经得起各种诱惑和时间的考验，他若不爱我，分手是迟早的事，迟分不如早分，即使他选择离开我，我们也可以成为朋友，没有必要弄得天塌地陷似的，于是，我的心变得释然。当然，张品最后回到了我身边，他说，我是一个很有气场的女子，我就像一块磁体吸引着他，他一辈子都不可能对我放手。"

庄蝶说得让人有一种揪心的感动，现实中，不少女性朋友面对爱有可能被夺走的局面，要么一哭二闹三上吊，要么选择放弃，庄蝶却用自己的智慧超然洒脱地赢得了爱情，大家对她发自内心的佩服。

结了婚的都发表了高见，我问金艺梅有什么感想，她兴奋地说："这哪是一次朋友聚会，简直是一场让婚姻幸福美满的高级论坛，我懂得了，幸福婚姻需要认真对待、用心经营、舍得付出、宽容信任、自我成长、沟通理解、达到默契、彼此舒服。我想，有你们做榜样，我将来的婚姻一定会幸福的。"

我清了清嗓子，站起来说："今天，我和艺梅分享了各位姐姐的幸福婚姻，收获真的太多了，我想，我不但要向各位姐姐学习，把自己的婚姻经营好，我还要把这些观点传播出去，分享给更多的姐妹，愿天下夫妻都幸福。谢谢各位姐姐，以后欢迎大家多来做客。"我说完，大家鼓起掌来，说我开了个好头，以后有什么好东西，大家都要召集姐妹们一起分享。

㉚

圆满

　　我要结婚了，庄蝶姐姐特别高兴，她建议我与岳林，安晨与金艺梅两对新人的婚礼一起办，这样更热闹喜庆，也更难忘，更有意义。想到安晨父母与我父母让我和安晨结合的心愿，我觉得这个主意太好了，长辈们看到我们都找到了各自的幸福，一定会高兴的。

　　我把这个想法与岳林商量，他非常支持，我又与已经调任江海市财政局副局长的安晨商量，他也觉得这个主意非常好，艺梅就更加认同我的看法。征求各自父母的意见，大家也赞同。

　　经过一番精心策划，我们决定将婚礼安排在江海的德福大酒楼举行，这家酒楼的店面设计采用中国传统文化元素，特别是门面的门头采用了中国特有的传统装饰元素——牌坊，牌坊上的斗拱外形就像一棵树的枝干蓬勃向上，枝干的边上有金色的边条，有芝麻开花节节高的寓意，斗拱更多的含义是带给人们美好的祝愿，也寓意人们对美好生活的向往，牌坊上的瓦当为朱红色，瓦当当面上都绘制了"福、旺、财、喜"等文字，传承了中国建筑天人合一，以人为本，情景交融的艺术特色。我们几个都很喜欢中国传统文化，所以，我提议选这家酒店时，大家都赞同。我们还请了一家以传统文化为主的婚庆公司来负责我们的婚礼。

　　结婚那天是个冬日少有的晴天，我们两对新人的至亲好友300多人来参加我们的婚礼，非常热闹喜庆。

　　我老爸老妈对岳林非常满意，老爸不善于用言语表达，但我知道，他心里对这个女婿很满意。我老妈则把欢喜都写在了脸上，嘴巴更像是抹了蜜，她拉着岳林的手说，一个女婿半个儿，你就是我的亲儿子，甚至比亲儿子还要亲。都说丈母娘见到女儿的郎，就像糍粑沾了糖，这话一点不假，看着老妈笑得那么开心，我真觉得老妈对岳林的那种喜爱，简直超过了我这个亲生女儿。

岳林的爸妈对我也相当满意，公公笑得合不拢嘴，婆婆拉着我的手久久不肯放下，她不停地说，这下好了，儿子终于娶媳妇了，我终于盼到这一天了，就等着抱孙子了。岳林的弟弟因为放寒假刚好赶上我们的婚礼，他非常懂事，又懂礼貌又勤快，对爸妈也非常孝顺，对我叫得也特别甜，我悄悄对他说："有什么需要，尽管对嫂子说。"他懂事地回应："谢谢嫂子，我要多向嫂子学习。"

安晨的爸妈对金艺梅也是千般疼爱，万般珍惜，说金艺梅是个善良贤惠的好媳妇，他们非常感谢我这个媒人的功劳。我对安晨的父母说："我虽然没缘分做你们的儿媳妇，但如果你们不嫌弃，我愿意永远做你们的好女儿，安晨就是我的亲哥哥。"安晨父母听我这么说，高兴得热泪盈眶，说有我这么好的女儿是他们八辈子修来的福分。金艺梅的妈妈和姐姐、姐夫也对安晨打满分，倍加感谢我做了件大好事，成就了一对金石良缘，我一听金石良缘四个字，突然想到"天人巧合"四个字，心里自然是美滋滋的了。

不知谁走漏了消息，义工协会的一帮朋友也赶来给我们道喜，庄蝶姐姐马上帮我接待，并跟酒店方面商量临时加两桌。

酒店的布置也是庄蝶姐姐亲自把关的，处处体现中国元素，大红灯笼，大红喜字，大红地毯，与我们两对新人大红的传统礼服相映衬，气氛非常喜庆热烈。

婚礼开始了，年轻的男司仪穿着传统的立领服饰登场，伴随着一段古典的背景音乐，他拿着麦克风缓步走上台，走到婚礼台中央，深深一鞠躬，道了开场白："华夏文明，源远流长，中华民族，礼仪之邦。上下五千年的绵延，生生不息，那是因为礼乐的教化。而婚礼，是人伦的起点，是传统礼仪中最重要的礼仪。"

司仪中等个子，面貌清秀，彬彬有礼，声音圆润，出口成章，深深吸引着众人的目光，他继续说："今天很荣幸为两对新人举办一场融入中国传统文化内涵的盛大婚礼。现在，我宣布，婚礼开始，请工作人员点亮代表幸福吉祥的红蜡烛。"

婚礼大堂顿时烛光照耀，满堂生辉，司仪开始祝福："祝愿两对新人新婚吉祥、福慧双收、永结同心、百年好合、成就彼此；祝愿亲朋好友家和人乐、得偿所愿、幸福安康！"

祝福完毕，大家热烈鼓掌。这时，司仪向前一步，神情庄重地说："婚礼者，将和二姓之好，上以示父母，下以继后世，夫妻结合，负有承先启后，继往开来的重任，所以婚者要承传祖德，保持祖先家风，为后世垂范。下面，我们首先要请两名新郎上台宣读《结婚告文》，请他们把自己结婚的喜讯告知祖先，晓谕大家。"

岳林和安晨在音乐伴奏声中缓步登台，工作人员用一个红色托盘托着两份《结婚告文》，交给两位新郎，司仪请安晨先读告文，然后是岳林宣读。

宣读告文前要先行鞠躬礼，安晨行礼毕，便照着结婚告文认真宣读："奉天之作，承地之和，顺父母之意，如新人之愿，金安联姻，结秦晋之好，今盟誓发愿，定不离不弃，相敬如宾，相濡以沫，互敬互爱，孝敬父母，友爱兄弟，团结宗族，和睦邻里，勤俭持家，光大家风，荣耀门楣，奉献社会，以此喜讯，告于祖先、父母和四方宾朋。"

安晨宣读完结婚告文，再行鞠躬礼，退后三步。岳林接着也按要求行礼宣读、鞠躬。读完结婚告文，司仪宣布新郎去迎接新娘，我和金艺梅盛装等候在休息室，这时，热闹喜庆的《迎亲曲》奏响，岳林和安晨怀着喜悦大步流星来到我们面前，工作人员把早就准备好的两条红绸带交到我们两对新人手上，让新郎牵着新娘缓步走向婚礼台。但谁走前面却成了问题，岳林请安晨和金艺梅走前面，安晨一定要让我们走前面。司仪见此情景，宣布两对新人并行上台，他两人这才停止了谦让。

我们两对新人，伴随着亲友的美好祝福，在撒满鲜花的红地毯上缓步前行，走向婚姻的神圣殿堂。等我们走到婚礼台中央，音乐停了下来，司仪请罗总上台给我们证婚。本来婚庆公司给他准备了一个打印稿，他只要宣读就可以了，但他坚持脱稿为我们证婚，他说："我非常高兴，今天能参加你们四个非常优秀的年轻人的传统婚礼，我非常高兴，为你们证婚，我非常高兴，今天有这么多人相聚在这里为你们祝福。有这么多真诚的祝福，你们是幸运的，因为你们一路走来勤奋努力，舍得付出，乐于奉献，我觉得你们确实有福报。我坚信，你们是真诚相爱的，所以，此后任何的困难，你们都能够克服，无论贫穷、疾病，都不会让你们彼此放手。我真诚祝福你们成就彼此、白头偕老。我希望，我对新郎新娘的真诚祝福和爱，能够传递给每一个人，我希望我们每一个人都能对他们表示最真诚的祝福，谢谢大家！"

罗总说完，大家热烈鼓掌。接下来，司仪宣布行拜堂礼。我们两对新人一字站好，司仪请我们的父母上台，等父母们就坐，司仪宣布："一拜天地，感恩天地造化，新人向天地行鞠躬礼。"于是我们虔诚地对着天地行礼，司仪见我们行礼毕，继续说："天地作证，夫妻恩爱！"

"二拜父母，感恩父母的精心养育和无私付出。"司仪话音刚落，我们对着父母深深鞠躬。司仪又说："父母作证，有万世之德者，必有万世之福。"

"夫妻对拜，互相感恩。"我们转过身，两对新人深情相望，然后行礼。司仪说："夫妻一条心，门前黄土变成金，从今以后，无论贫穷，无论贵贱，互敬互爱，白头到老，永结同心。"

三拜礼成，台下众亲友热烈鼓掌喝彩。

司仪接着以抒情的口吻说道："天行健，君子以自强不息；地势坤，君子以厚德载物，天地以其乾坤之道生养万物，父母以其厚德之心养育儿女。一家之中，夫义妇德，各守其道，各尽本分，定能和谐美满。"听到司仪说得如此顺溜，真佩服司仪滴水不漏的主持风格和绝好的口才。

不容我多想，司仪又开口了："请新郎新娘父母台下就坐，新郎新娘行执手礼。"

我们两对新人紧紧牵着彼此的手，听司仪说："从今日起，荣辱与共，苦乐同当，相助成德。请你们在众位亲朋好友面前，许下彼此的承诺。

我们四人拿过无线麦克风，齐声诵读："死生契阔，与子成说，执子之手，与子偕老。"这个环节，是我们四个人商量好的，我们就用这首古诗表达我们的誓言，大家都觉得再没有比这更好的承诺了。

司仪最后宣布："新人婚姻，天地见证，父母见证，亲朋见证，表明姻缘美好，此乃天作之合。现在我宣布，安晨、金艺梅、岳林、林湘楚新婚大礼礼成！"

婚礼大堂又响起热烈的掌声，我们四人互相手拉手向所有亲友行鞠躬礼。司仪宣布婚宴开始，于是，众亲友觥筹交错，祝福声声……

这天晚上，我做了一个梦，梦见幸运之神从天而降，开始时她行止若有若无、形象飘荡不定，我锲而不舍寻找、追赶，终于离她越来越近，渐渐追上了她，却见到一个美丽的仙女，站在云端，她穿着薄如蝉翼的白色长裙，对着我点头微笑，她说："你是一个好女人，我喜欢，我可以满足你一个愿望，你说吧。"

我想了想，觉得自己非常知足了，而让我周围的人都幸福美满，让人间充满爱，是我向往的理想境界，所以，我对幸运之神说："我想让更多的人得到您的青睐，好吗？"幸运之神没有正面回答我的问题，她说："其实是否受我青睐由人们自己决定，因为命运是掌握在自己手上的，自己的心和行为时时刻刻在左右自己的命运，常与智慧为伍，与良善同行，你的身上就散发着一种强大的吸引力，一切好运，不求自得。"说完，她化作袅袅轻烟慢慢隐去……

后　记

　　我先生的朋友有个妹妹叫夏冬，她善良美丽，嘴巴又甜，叫我姐姐。一次我休年假，她邀请我陪她去参加她所在公司的一个活动，我本不大喜欢参加这类活动，但她一天三次电话："姐姐反正闲着也是闲着，就陪我去嘛，说不定还有意外收获呢。"经不住她软磨硬泡，我就答应了。到了广州，才知道这是一家大型健康产业集团举办的年会，参会的人数据说有四万多。开会那天，我和夏冬乘坐公司安排的其中一辆中巴车赶往会场，我以看客的身份加入了一群陌生人的行列，我发现，他们个个穿着得体，气色绝佳，面带温暖的微笑，说话谦恭有礼。他们以帮助他人为荣，都乐于当志愿者，他们的平等意识也很强，无论是年薪几百万的老将还是刚刚加入进来的新人，大家都互相称呼"老师"。到了会场，我发现，这么多人参会，居然次序井然，入场都是自觉排队，没有插队现象。进入会场后，我发现，人山人海的会场没有想象中的大声喧哗与嘈杂，显得很安静，当受表彰的年度销售精英入场时，全场爆发持久热烈的鼓掌。我感觉到，在这里，这些销售精英比娱乐明星更受敬仰。最让我难忘的环节是销售精英向与会者分享他们成功的秘诀，他们中有青春勃发的年轻人，也有须发斑白的老者，有帅哥靓妹，也平常男女，有名校毕业的高材生，也有大字不识几个的平民，他们成功的秘诀可谓五花八门，而让我印象深刻的是一个大约五十多岁的优雅女性说的一番话，她说："成功的秘诀很多人认为是幸运，但我认为，幸运的秘诀很多，但最重要的是要遵循自然规律，种瓜得瓜，种豆得豆，你种瓜不可能得豆，而种豆不可能得瓜，这是农作物生长的普遍规律，这个规律对农作物有效，对人也一样有效。"她围绕种瓜得瓜、种豆得豆的规律说了很多道理，她说"有些人遇到困难就有人帮助，为什么？那是因为，你也喜欢帮助他人，种下了帮助的种子。相反，有些人遇到困难，别人都不愿帮你，为什么？那是因为，别人有困难时，你不愿出手相帮；如果你总是处于友善的环境中，你不要奇怪，那是因为你对别人友善，如果你总是得到别人的信任，你也不要奇怪，那是因为你以诚待人……"

她还特别强调："要想得到好运气，就不要吝惜付出和给予，你想得到什么，就先付出什么，比如，你想得到快乐，你就想办法给他人带来快乐，你想得到爱，首先要付出爱，你想得到别人的信任，就要学会诚实做人，你想得到物质上的富裕，就要帮助别人致富。事实上，得到你想要的东西的最简单方法就是帮助别人获得他们想要的东西，这个规律对每个人都非常有效，我和我的亲人朋友屡试不爽。"她最后说："人，一定要充满正能量，因为自然界是有磁场的。有人总迷恋风水，其实人间最好的风水是人品，一个人品行好了，磁场就有了，有了磁场，运气就来了，运气来了，命运就改变了。"

我被她的话深深吸引，她自始至终没有讲怎么做销售，而是一直在讲怎么做人。后来我了解到，这是一个年收入超过千万的销售奇才。我头脑里立即浮现出许多遵循她所说的"规律"的幸运儿和成功者。其实，我一直想写一本融入中国传统美德教育的励志书，听了这位女士的一番话，我的这个愿望就更强烈了，我要把那些普通人成长为幸运儿的故事写出来。

是的，人人都希望自己幸运，人人都渴望成功，但为什么有的人总那么幸运，有的人却总是不顺呢？难道真的是命运天定吗？当然不是的，只要肯认真观察分析，就不难发现幸运的人身上的特质。

种瓜得瓜，种豆得豆，播下什么种子，就收获什么果实，这种自然规律妇孺皆知，但只有真正懂得其中奥妙的人，才能有幸成为幸运儿。

有人说，未来中国，是一群正知，正念，正能量人的天下。真正的危机，不是金融危机，而是道德与信仰的危机。谁的福报越多，谁的能量越大。我特别认同、推崇这段话。我坚信，未来社会，那些投机取巧、好逸恶劳、偷奸耍滑、自私自利、不讲信用、不愿付出、不思孝顺、不懂感恩的人，在社会上是难以立足的。

我越发觉得，把那些正知、正念、正能量的人的故事写出来不但是我的愿望，更是我的一份责任，不管写得好坏，我都想写出来，事实上，这部作品细节描写欠缺，故事的连贯性不够强，尤其是说教的地方比较多等，对于您的包容，我真的表示万分感谢。我写这本书的目的就是想传递正能量，传播书中提到的传统美德和人生智慧，如果有人看了我写的故事能受到些许启迪，我也就心满意足了。

我在写作过程中，就得到许多亲朋好友的帮助鼓励，我先生让我少做家务，安心写作，我女儿积极给我提建议并担任校对，我把这本书的草稿拿给几个平常不喜欢读书的年轻人看，他们竟然能一口气读完，并说受益匪浅，以后一定会按书中所说好好做人。我的老师亲自为我修改文稿，一些文学界朋友也给我提了许多宝贵意见，在此一并表示感谢。

2016 年 2 月 6 日